Sibylle Berg

**Ein paar Leute suchen das Glück
und lachen sich tot**

Sibylle Berg

Ein paar Leute suchen das Glück und lachen sich tot

Roman

RECLAM

RECLAM TASCHENBUCH Nr. 20560
1997, 2019 Philipp Reclam jun. GmbH & Co. KG,
Siemensstraße 32, 71254 Ditzingen
Umschlagabbildung: Sibylle Berg, fotografiert von Daniel Josefson
Umschlaggestaltung: Anja Grimm Gestaltung
Druck und Bindung: GGP Media GmbH,
Karl-Marx-Straße 24, 07381 Pößneck
Printed in Germany 2023
RECLAM ist eine eingetragene Marke
der Philipp Reclam jun. GmbH & Co. KG, Stuttgart
ISBN 978-3-15-020560-0
www.reclam.de

VERA trinkt Kaffee

Glückwunsch, sagt Vera. Das Wort steht in der leeren Küche. Fröstelt. Schaut sich die Küchenzeile an, das Wort,
und verkriecht sich unter der Spüle. Stirbt daraufhin. Keiner ist da, um Vera zu gratulieren. Was soll mir auch wer
gratulieren, und vor allem wozu? Denkt Vera. Wer bis 30
nicht versteht, worum es geht, wird es nicht mehr begreifen. Vera trinkt Kaffee. Sie guckt dabei ihre Beine an. Da
sind blaue Adern drauf, die gestern da noch nicht waren.
Seit ihrem 30. Geburtstag findet Vera andauernd Dinge an
sich. Dinge, die zu einem Menschen gehören, der nicht
mehr jung ist. Das Leben ist wie Auto fahren, seit Veras 30.
Geburtstag. Eine Fahrt, so eine Straße lang, am Ende eine
Mauer zu sehen, auf die das Auto auftreffen wird. Und
links und rechts nur bekannte Gebiete. Das Auto fährt immer schneller, seit Vera 30 wurde. Warum anhalten. Geht
nicht. Aussteigen, um zu laufen, warum? Vera guckt aus
dem Fenster. Bekanntes Gebiet. Ein Hinterhof und ein to-
ter Baum und dann Fahrräder in einem dämlichen Häuschen. Damit die nicht frieren.

Ich könnte was rausgehen und mir Kuchen holen,
denkt Vera. Sie guckt aus dem Fenster und sieht sich über
diesen Hinterhof gehen. Zum Bäcker, der dämlichen Frau
im Bäckerladen freundlich guten Tag sagen. Obwohl sie
der jeden Tag eigentlich lieber sagen würde, daß sie eine
blöde Kuh ist. Die runde, selbstzufriedene Frau beim Bäk-
ker. Die nachts bestimmt alleine in ihrem blöden Bett liegt

und schwitzt. Weil sie so dick ist und nicht schlafen kann, weil sie einsam ist und weiß, daß sie es bleiben wird. Noch viele Jahre. Und die dann im Laden steht, poliert und sich fühlt, als wäre sie Gott, in dem, was sie für Unbescholtenheit hält, in dem, das Angst ist.

Vera sieht das so deutlich, wie sie da in dem Laden steht, daß ihr unbehaglich wird. Und sie kurz denkt, ob das so ist, wenn eines den Verstand verliert. In welche Richtung läuft Zeit eigentlich, überlegt Vera, und dann fällt ihr ein, daß diese Frage nicht neu ist, und daß schon mehrere Menschen verblödet sind, an dieser Frage. Da könnte sie auch gleich über das Universum nachdenken oder Dinge dieser Art, von denen keines wissen kann, ob es sie wirklich gibt. Und weil das ja blöd ist, über so was nachzudenken, geht Vera raus. Über den Hinterhof. Zum Bäcker. Grüßt freundlich, denkt alte Sau, und kauft sich Kuchen. Und an der Ecke noch ein paar Margeriten. Als Vera klein war, waren die Margeriten im Garten das einzige Schöne. Der Rest war ziemlich Scheiße. Aber die Margeriten waren schön. Vera war manchmal Margeritenarzt und mußte Operationen vollziehen. Ab und zu heirateten welche von den Blumen und so Sachen, und als Vera eines Morgens aufwachte, waren alle Margeriten weg. Ihre Mutter hatte sie umgegraben, in der Nacht. Vera weiß bis heute nicht warum, und sie guckt die Blumen an und fragt sich das. Sie geht hoch in die Wohnung, das darmige Treppenhaus, Geruch nach Bohnerwachs und nach Menschen, die nie ein großartiges Leben haben werden. Am Tisch, in der Küche sitzt sie dann und ißt den Kuchen auf. Sie guckt die Margeriten an. Guckt ihre Beine an. Und wußte schon unten auf der Straße, wie sie das machen würde. Jede Bewegung mit dem passenden Gefühl dazu. Herzlichen Glückwunsch, Vera, sagt Vera, und dann wird ihr schlecht, von dem Kuchen, und sie übergibt sich.

NORA hat Hunger

Ich wiege mich jeden Morgen.

Morgens ist es immer ein bißchen weniger.

Seit einem halben Jahr esse ich nur noch Gurken. Äpfel und Salat. Alles ohne Zusätze, versteht sich.

Zuerst war mir übel. Ich hatte Bauchkrämpfe. Aber jetzt geht es einfach. Wenn ich Essen rieche, habe ich keinen Hunger mehr. Mir wird direkt schlecht, wenn ich Essen rieche.

Gestern waren es 40 Kilo. Ich bin 1,75 groß. Vielleicht wachse ich noch. Dünner werde ich auf jeden Fall.

Ich habe es mir geschworen.

Seit ich nicht mehr esse, brauche ich niemanden mehr. Meine Eltern sind fremde Personen geworden. Es ist mir egal, ob sie mich beachten oder nicht. Ich bin sehr stark. Meine Mutter hat geweint, neulich. Ich habe zugesehen, wie das Wasser ihr Make-up verschmiert hat. Und bin rausgegangen. Es sah häßlich aus. Ich habe auch gesehen, wie dick sie ist. Sie sollte etwas dagegen tun. Ich verstecke mich in der Schule nicht mehr. Als ich noch dick war, bin ich in der Pause immer aufs Klo gegangen, damit sie mich nicht ignorieren können. Jetzt stehe ich offen da und denke mal, daß sie mich beneiden.

Ich sehe noch immer nicht ganz schön aus. Ich bin noch zu dick. Die Arme sind gut, da ist kaum noch Fleisch dran. Ich finde Fleisch häßlich. Und die Rippen sieht man auch schon gut. Aber die Beine sind zu dick.

Als ich noch richtig dick war, hatte ich irgendwie keine Persönlichkeit. Jetzt ist das anders. Ich bin innen so wie außen. Ganz fest. Mit einem Ziel ist keiner alleine, weil ja dann neben dem Menschen immer noch das Ziel da ist. Ich kann mich noch erinnern, wie es war, dick zu sein. Mal ging es mir gut, und im nächsten Moment mußte ich heulen und wußte nicht, warum. Ich meine, das kam mir alles so sinnlos vor. Daß ich bald mit der Schule fertig bin und dann irgendeinen Beruf lernen muß. Und dann würde ich heiraten und würde in einer kleinen Wohnung wohnen und so. Das ist doch zum Kotzen. Mit so einer kleinen Wohnung, meine ich. Das kann doch nicht Leben sein. Aber eben, wie Leben sein soll, das weiß ich nicht. Ich denke mir, daß ich das weiß, wenn ich schön bin. Ich werde so schön wie Kate Moss oder so jemand. Vielleicht werde ich Model.

Meine Mutter war mit mir bei einem Psychologen. Ein dicker, alter Mann. Mutter ließ uns allein, und er versuchte mich zu verarschen.

Mich verarscht keiner so leicht. Ich hab so einiges gelesen, ich meine, ich kenne ihre blöden Tricks. Und der Typ war mal speziell blöd.

»Bedrückt dich was«, hat er gefragt. Und so ein Scheiß halt, und ich habe ihn die ganze Zeit nur angesehen. Der Mann war echt fett, und unter seinem Hemd waren so Schwitzränder. Ich habe nicht über seine Fragen nachgedacht.

Ich meine, was soll ich einem fremden, dicken Mann irgendwas erzählen. Einem Mann, der sich selbst nicht unter Kontrolle hat. Der frißt. Ich bin weggegangen und habe den Psychologen sofort vergessen.

Ich habe ein Ziel.

Ich habe vor nichts mehr Angst. Ich denke nicht mehr nach. Das ist das Beste.

BETTINA guckt so

Ich liege neben dir und guck die Decke an. Vor der Tür, unten, so eine Ampel, die die Decke färbt. Ampeln ganz weit in der Nacht, da weiß ich immer nicht, was die sollen. Kein Auto da, das sie regeln können. Wenn auf der Welt nichts mehr lebt, werden die Ampeln immer noch tun, als wär alles in Ordnung. Ich frag mich, ob das ein deutsches Problem ist. Ich dreh den Kopf und sehe, daß du mich ansiehst. Munter bist. Ich zieh deinen Kopf zu mir, damit ich dir nicht in die Augen sehen muß. Damit du meinen Blick nicht siehst. In dem nichts für dich dabei ist. Außer Mitleid mit mir, daß ich schon wieder allein sein werde. Morgen wahrscheinlich schon. Oder laß es was länger dauern. Keine Ahnung, wie Verlieben anfängt. Und wie es aufhört. Ich greife nach dir, und wir fangen an mit unseren Körpern Sachen zu machen, die unsere Köpfe gar nicht mehr wollen. Ich fühle deine Haut und schmecke jetzt schon, daß sie mir bald fremd sein wird. Ich werde dich sehen, deine Haut, dein Fleisch und alles, und mir nicht mehr vorstellen können, daß es mal war. Fast wie meins. Ein letztes Umarmen. Solange es noch geht.

Zusammenschlafen mit dem Gefühl, das ist das letztemal. Und das bringt ja nun mal gar keine Nähe. Das bringt wirklich gar nichts. Und dann schläfst du ein. Ich höre zu, wie du schläfst. Noch weniger ahnend als ich selbst. Und ich schaue dich an, und die ganzen großen Sachen sind weg. Weinen zu wollen, vor Liebe. Beschützen zu wollen oder einfach nur anschauen, die ganze Nacht. Da ist nur noch jemand, der schläft. Und wo der Mund offen ist. Nix mehr da. Ich denk nur, daß ich morgen das Kissen wechseln sollte, wegen der Spucke aus deinem Mund.

Draußen steht der Vollmond und du schläfst und warum laufen wir jetzt nicht draußen rum. Erzählen uns Gruselgeschichten, fassen uns an, weil wir Angst haben, wegen der Geschichten, fallen auf so eine Wiese, vom Mond beschienen. Der Mond und du und ich gehe raus und laufe im Bademantel die kalte Straße hoch und runter. Die Füße nackig und die frieren. Ich diese blöde Straße lang und die Kälte ist gut. Steigt das Bein lang und hat was Lässiges, so im Bademantel in der Großstadt. Ich bin wieder dabei. Ein urbaner Single mit nackigen Füßen.

RUTH langweilt sich

Es ist wirklich unangenehm langweilig.

Als ich jünger war, dachte ich, wenn ich viel daran denke, wie es ist, alt zu sein, dann kann mich nichts mehr
überraschen. Ich dachte mir, es wäre wahrscheinlich ganz
gut, alt zu sein. Ich habe mir vorgestellt, ich wäre so eine
coole Alte, mit viel Schmuck und lila gefärbtem Haar. Und
ich würde in einem Haus wohnen, in Nizza vielleicht, und
das schwankte immer, die Idee, wo das Haus sein würde.
Auf jeden Fall wäre das Haus immer voll mit wirklich verrückten Menschen, die echt verrückte Sachen machen würden. Auf Tischen tanzen und so was. Und ich könnte über
alles lachen, weil ich weise wäre und es besser wüßte. Was
auch immer. Und so richtig klasse wäre es, dachte ich immer, daß mir im Alter die meisten Geschichten egal wären.
Liebeskummer, Cellulite und so was. Ich dachte mir, es
müsse wirklich ganz nett sein, alt zu werden. Und jetzt bin
ich alt und weiß gar nicht, wie es so schnell dazu kommen
konnte. Ich bin nicht reich, ich dachte immer, das käme
schon noch, aber es kam halt nicht. Es kam auch kein rei-
cher Mann. Oder sagen wir mal, überhaupt ein Mann, der
blieb. Immer dachte ich, es käme da noch ein besserer, weil
ich ja auch immer besser würde. Aber das stimmte auch
nicht. Es kamen eher immer weniger und schlechtere. Und
auf einmal war ich alt. Ohne mich irgendwie weise oder
eben alt zu fühlen. Ich fühle mich nur gelangweilt. Ich
wohne also nicht in einem Haus in Nizza, sondern in ei-

nem verfluchten Altersheim. Die anderen hier, die sind wirklich alt. Ich nicht. Wenn eines noch an Wunder glaubt, ist es nicht alt. Ich glaube, das kann wirklich nicht alles gewesen sein. Es wird noch etwas ganz Großes passieren. Irgendwas, das mir klarmacht, wozu das alles gut ist. Das weiß ich nämlich beim Stand der Dinge nicht wirklich. Ich am Fenster und seh den totkultivierten Garten an. In meinem Haus in Nizza wäre mein Garten ganz verwildert gewesen. Ich hätte da jetzt draußen gesessen, mit ein paar Freunden, einige würden grad wieder auf dem Tisch tanzen, und ich würde mich vielleicht langweilen, wegen dieser permanenten Tischtanzerei. Wenn dem Menschen nichts mehr einfällt, glaubt er auf einmal, daß es einen Gott gibt. Hey, bitte lieber Gott mach, daß noch etwas kommt.

TOM geht weg

Die Luft riecht nach Großstadt, morgens um 4. Ein dicker
Geruch. Nach schimmelndem Metall und Bäcker. Die Frau
liegt oben. Wahrscheinlich weint sie. Wenn ich eine Frau
wäre, würde ich auch weinen. Weil das so bequem ist, eine
Flucht, die nichts ändert, falls ihr versteht, was ich meine.
Die Frau weint also vermutlich. Ich nicht. Ich weine nicht,
ich leide auch nicht. Ich gehe einfach nur nach Hause. Ich
werde mir die Frau abduschen. Wieder durch die Bars laufen und suchen. Nach einer neuen Frau. Wenn Weihnachten ist, und ich kann euch sagen, das kommt immer
schneller, als man so denkt, werde ich wieder vor diesem
Kaufhaus hier stehen. Jetzt sind da irgendwelche Herbstsa-
chen drin. Blöde Plastefrüchte und so. Aber Weihnachten
ist da eine Eisenbahn drin, in dem Schaufenster. Die fährt
durch verschneite Dörfer. Die Häuschen sind von innen
beleuchtet. Ich steh da immer ganz lange. Stell mir Sachen
vor, die in diesen Häuschen passieren. Irgendwo wird eine
Katze geschlachtet, in den Ofen geschoben, die Därme an
den Baum geputzt. In einem anderen Häuschen liegt der
Großvater im Bett und ist schon geraume Weile tot. Da
sind Fliegen und die Enkel spielen mit dem Opa. Solche
Sachen eben, und ich habe dann so einen Haß auf die Kinder. Die stehen neben mir und sehen meine Bahn an. Und
die Eltern zwinkern, wenn die Scheißkinder fragen: Krieg
ich so eine? Wir werden sehen, sagen die Eltern und zwinkern. Ich könnt die dann immer in die Schnauze haun. Ich

weiß wirklich nicht, warum. Was ich sagen will, ist, irgendwie suche ich nach einer Frau, die Weihnachten mit
mir diese Bahn anguckt. Und die mich nichts Blödes fragt.
Die vielleicht so einem Kind eine runterhaut. Und die mir
dann eine Eisenbahn schenkt. Aber ich habe so eine noch
nie gefunden. Ich gehe jetzt heim, dusche. Und dann gehe
ich wieder los. Und suche weiter nach der Frau, die mit mir
zu diesem Schaufenster geht.

VERA sitzt auf dem Balkon

Vera und Helge sind verheiratet. Schon lange. Wissen sie eigentlich gar nicht, warum.

Sie sitzen draußen, auf dem Balkon. Es ist ein Sommerabend. Die Luft fleischwarm und macht im Menschen das Gefühl, daß er etwas unternehmen müßte, in dieser Nacht, das ihr gerecht wird, in der Aufregung, die sie verursacht. Was kann ich machen, mit so einer schönen Nacht, denkt sich Vera und weiß keine Antwort. Und eigentlich auch keine Frage. So eine Nacht ist eben eine Nacht. Die will gar nichts gemacht kriegen. Vera sieht Helge an. Der sitzt neben ihr und ist tausend Gedanken entfernt.

Sie würde gerne rübergehen, zu ihm. Aber sie weiß nicht wie. Sie schaut in den Himmel und sucht dort den Satz. Der alles ändert. Ein Satz nur. Himmel, schenk mir einen. Der Himmel bleibt stumm und schön, und Wunder gibt es eben nicht. Wunder muß es aber geben, denkt Vera und guckt stur in den Himmel. Und dann guckt sie zu Helge rüber und der guckt geradeaus. Helge trinkt Bier.

»Helge …« Helge trinkt Bier.

»Ein schöner Abend.«

Helge bleibt stumm, und Vera könnte gut tot umfallen. So leer fühlt sie sich an und weiß gar nicht, warum sie noch hier sitzen soll, oder aufstehen, oder weiterleben. Der Himmel ist ein Verräter, und einen Gott gibt es nicht. Vera nimmt ihre Hand und legt sie auf die von Helge. Da liegt sie dann so. Helges Hand bewegt sich nicht.

Sie fühlt, daß ihre Hand weglaufen möchte. Sie mag das schwitzige Ding nicht anfassen müssen. Nichts ist peinlicher als eine Hand, die man anfaßt und die sich nicht bewegt, denkt Veras Hand, sondern nur atmet. Vor lauter Widerwillen laut atmet. Das denkt sich Veras Hand so, und Vera selbst schämt sich und nimmt ihre Hand weg, um sich eine Strähne aus dem Gesicht zu wischen. Sie steht auf und geht in die Küche. Der Abwasch steht noch da. Vera bindet sich die Schürze um. Sie wäscht ab und überlegt sich, was sie morgen ins Büro anziehen soll. Dann fällt ihr ein, daß Nora bald Geburtstag hat, und sie schüttelt den Kopf. Es gibt doch wirklich wichtigere Sachen als so einen blöden, warmen Abend und eine Hand, die nicht von ihr angefaßt werden will.

NORA ist weggefahren

Ich bin weggefahren. Ans Meer. In meinem Alter kann man alleine ans Meer fahren. Wenn ich zurückkomme, werde ich von zu Hause ausziehen. Vielleicht komme ich auch gar nicht zurück. Ich rede mit niemandem mehr. Zu Hause nicht und hier auch nicht. Ich habe einen Schlafsack. Es ist ziemlich kalt. Den ganzen Tag laufe ich, und abends lege ich mich in den Schlafsack. Ich rede mit niemandem.

Das Meer ist langweilig. Es bewegt sich nur. Das Geld ist fast alle. Ich brauche auch kaum Geld.

Ich esse nichts. Ab und zu esse ich Äpfel. Aber von denen wird mir inzwischen schlecht. Mir wird schlecht, wenn ich irgendwas Fremdes in mir habe. Vor ein paar Tagen bin ich mit einem Jungen mitgegangen, der hier wohnt. Wir waren in seinem Zimmer. Das war total staubig, und überall standen voll häßliche Pokale rum. Und dann hatte er ein Poster von so einer dicken Frau an der Wand. Pamela Anderson. Eigentlich hätte ich da schon wieder gehen sollen, wenn einer so dicke Frauen gut findet. Aber ich bin geblieben, weil er sich schon ausgezogen hat, und ich nicht wußte, wie ich sagen soll, daß ich doch besser gehe. Ich bin mitgegangen, weil ich dachte, es wäre ganz gut, in einem Bett zu schlafen, und weil ich sowieso keine Idee hatte, wo ich hingehen sollte. Weil es egal ist, wo ich hingehe. Der Junge hat mich nicht groß angefaßt. Wir haben nicht geredet. Ich weiß nicht, worüber ich mit einem Jungen so reden soll. Er hat es gemacht. Als er schlief, bin ich wieder weggegangen. Draußen war es noch ganz still. Ganz früh morgens in so einem kleinen Kaff am Meer. Ich dann so durch die leeren Straßen.

Ich laufe. Wenn ich mich nicht bewege, dann sitze ich da und muß nachdenken, und dann habe ich das Gefühl, ich kann die Gedanken nicht im Kopf festhalten. Wenn ich mich bewege, ist es O.K.

Aber ich muß schnell gehen. Wenn mich Leute ansehen, sehe ich weg.

Ich war in einem Tierheim. Ich wollte einen Hund haben. Einen kleinen Hund. Ich dachte mir, es wäre schön, wenn er neben mir herlaufen würde. Ich könnte abends ein Lagerfeuer machen und Mundharmonika spielen. Der Hund hätte seinen Kopf auf meinen Beinen und würde mir zuhören. Und dann würden wir zusammen in den Schlafsack gehen, und ich würde sein Herz schlagen hören.

Da war auch ein Hund. Er saß in einem Käfig. Er war ganz dünn. Wir haben uns in die Augen gesehen. Das war mein Hund.

Aber sie haben ihn mir nicht gegeben. Als ich weggegangen bin, hat der Hund gejault. Ich wollte so gerne weinen, wegen dem Hund. Das ging aber nicht.

Ich sitze am Meer. Es ist schon dunkel. Wenn ich viel laufe, werde ich noch dünner. Ich trinke abends immer Rotwein. Manchmal auch schon morgens. Dann ist mir nicht so kalt. Ich friere auch, wenn die Sonne scheint. Die scheint kaum. Es ist ja schon Herbst. Wenn ich Rotwein trinke, dann ist auch alles schön weich, und es macht total Sinn, daß ich weggefahren bin. Ich sehe mir die Wellen an, die in der Dunkelheit kommen. Sie kommen ganz klein und leise und dann werden sie groß und brüllen.

Möcht ich irgendwie auch. Aber ich trau mich das nicht.

HELGE geht ins Hotel

Ich gehe ins Hotel. Wie jeden Abend. Wie jeden Abend,
außer Dienstag und Mittwoch. Ich werde da, wie jeden
Abend, Klavier spielen. Was sind Sie von Beruf? Pianist.
Ah, interessant, in welchem Orchester, wenn man fragen
darf? Oh, Sie dürfen. Im Marriott. Äh, was ist das? Das ist
ein Hotel. Mit einer Bar und ich bin der gottverdammte
Barpianist. Äh, oh. Interessant.

Nein, Sie Arschgesicht, das ist nicht interessant. Das ist
einfach nur Scheiße. Jeden Abend das Lied des eigenen
Versagens spielen zu müssen kann ja nun wirklich nicht
spannend sein.

Ich werde erst all die Lieder spielen, die sie hören wollen. Und wenn sie betrunken sind, werde ich meine Lieder
spielen. Spiel ich meine Lieder, wenn sie noch nüchtern
sind, dann kann es sein, daß sie anfangen, ganz laut zu reden. Oder ein Mann mit rotem Gesicht »aufhören« brüllt.
Und dann hör ich auf und spiele Karel Gott und so. Wenn
sie dann betrunken sind, wird eine Frau an mein Klavier
kommen. Vorher wird sie mir ein paar Getränke ans Klavier bringen lassen. Süße Cocktails. Die ich nicht mag.
Ums Verrecken nicht. Aber ich werd die trinken, ich hab
es mal nüchtern machen wollen. Da ging es nicht, und danach mußte ich mich erst recht betrinken. Also, trink ich
diesen süßen Scheiß. Eine kommt immer. Sie sehen meistens aus, wie das Zeug, das sie mir ans Klavier bringen
lassen. Ohne Kontur. Die Frau ist also angetrunken. Sie

war auf einer Messe oder etwas ähnlich Nutzloses und sie ist alt. Sie ist alt für eine Frau, die sich mit ein paar Gläsern Alkohol nicht unter Kontrolle hat. Und sie hat mich die ganze Zeit angesehen. Sie hat meine wundervollen Hände angeguckt und sich vorgestellt, wie die über ihren blöden Körper wandern. Und dann steht sie am Klavier und ist nervös. Wir dann später an die Bar und erst mal ordentlich was getrunken. Dann sagt sie irgendwann, daß sie müde ist, auf ihr Zimmer will. 65 sagt sie. Und ich lächle sie an. Später, nicht zu spät, weil sonst ist sie eingeschlafen, so betrunken, wie sie ist, gehe ich auf Zimmer 65. Ich klopfe und sie macht auf. Ganz rot im Gesicht. Und dann sitzen wir auf dem Bett, und sie ist ganz heiß. Ich bring sie dann dazu, daß sie mir Geld anbieten. Oh, gnädige Frau, ich würde gerne bei Ihnen bleiben, aber der Verdienstausfall, Sie verstehen schon, ich werd ja fürs Spielen bezahlt. Fürs Klavierspielen. Und so laber ich, und die Damen sind schon so weit gegangen, daß sie nicht mehr zurückkönnen. Alle haben mir bis jetzt Geld gegeben. Und ich habe es genommen. Nicht weil ich es brauche. Ich weiß nicht, was ich mit Geld soll, außer es zu vertrinken. Nein, ich nehm das Geld, weil es konsequent ist. Wenn ich schon nichts anderes hinkriege, dann will ich wenigstens konsequent Scheiße bauen.

VERA geht ins Büro

Ich gehe ins Büro. Wie jeden Morgen. Ein kurzer Weg. Ein kleines Stück durch so eine städtische Grünanlage. Wo ich mir denke, jeden Morgen, es müßte richtig lässig sein, nicht ins Büro gehen zu müssen. Mich hinzusetzen. Unter einen Baum und ein Buch auspacken. Lesen, aber eher gucken, wie die anderen ins Büro gehen. Dann, wenn alle gegangen sind, aufstehen und irgendwo ganz anderes hinlaufen. Kaffee trinken und rauchen und vielleicht einfach nur warten, bis die anderen aus dem Büro kommen, in Richtung Abend. Dann denen die Kippe vor die Füße werfen. Ich weiß nicht, wer mein Leben eingerichtet hat. Vielleicht ist es beschissen, weil ich so früh ein Kind gekriegt habe. Vielleicht ist es aber auch nur beschissen, weil Leben beschissen ist. Und jetzt muß ich ins Büro. Mir ist nicht klar, wozu das gut ist. Das einzige, worauf ich mich freue, ist diese Idee, die mich dort erwartet. Die geht so, die Idee ... Also, da kommt der Chef ganz aufgeregt ins Büro, weil er total wichtigen Besuch kriegt. Einen Multimillionär aus Brasilien. Wegen irgendwelcher Verträge. Und dann sagt der Chef: Ruhe meine Damen und frischen Kaffee, wenn ich bitten darf, Fräulein Vera. Ich dann rein ins Chefzimmer, mit dem Kaffee. Und da sehe ich diesen Mann. Der ist total schön. Wie Rutger Hauer sieht der aus. Ich habe keine Ahnung, ob Brasilianer so aussehen können wie Rutger Hauer. Auf jeden Fall fange ich direkt an, mit dem Mann zu küssen. Mein Chef bekommt einen Herzanfall und stirbt. Ich fahre mit dem Mann im Fahrstuhl, und dort vereinigen wir uns das erstemal. Das ist so, wie es im richtigen Leben noch nie war. Naja, um es kurz zu machen, ich fahre dann mit ihm auf seine Hacienda. Und das kann man sich ja vorstellen, daß das eine Idee ist, die für eine lange Zeit reicht. Meistens bin ich ziemlich traurig, wenn ich aufhören muß zu träumen. Manchmal denk ich, es wäre total gut, an irgendwas glauben zu können. An eine politische Idee oder so. Aber heute glaubt kaum wer noch was. Alle Leute laufen bloß noch so rum und warten darauf, daß ihnen jemand eine Idee gibt. Da sind auch Ideen, aber so richtig fehlt denen die Notwendigkeit. Und darum warten alle. Die Menschen, die ich kenne, sind entweder esoterisch geworden oder familiär. Unglücklich sind sie alle. Ich geh ins Büro. Ich werde erst mal Kaffee trinken, und dann werde ich an den Mann denken, der alles ändert.

RUTH schminkt sich

Ich habe mich schon immer geschminkt. Der Lippenstift ist blutrot. Nur die Lippen sind nicht mehr da. Die sind irgendwann einfach weggegangen. Vielleicht haben die Mundwinkel sie verjagt. Als die immer fester wurden. Und sich nach unten verzogen. Ich trage Make-up auf, es bleibt in den Falten meines Gesichts hängen. Ich sehe mein Gesicht damals. An diesem Morgen. Damals, in Paris. Im Hotelbett hinter mir schlief Wolfgang. Es war unser erstes Wochenende zusammen. Es hatte diesen Nebel draußen, den nur Herbste bringen. Ich sah auf die zinnfarbenen Dächer und wußte absolut nicht, was ich machen sollte, vor Glück. Ich zog mich also an und ging raus. Es war noch kühl. Ich saß in einem Straßencafé und trank Kaffee. Sah zu dem Hotelzimmer hoch. In dem meine erste große Liebe schlafend lag. Komisch, daß ich die meisten Sachen nur in der Erinnerung richtig fühlen kann. Es wurde warm, da liefen Franzosen rum, und alle strahlten mich an, weil ich so strahlte. Und alles war am Anfang. Ich saß in der Sonne und trank Milchkaffee. Und dachte, ich wäre die einzige, die glücklich sein könnte. Oben lag Wolfgang und schlief. Ich glaube wirklich, so glücklich wie damals allein in diesem Café, war ich nie mehr. Anders glücklich. Aber nie mehr so. Bei späteren Glücken wußte ich ja schon, daß Glück eine endliche Sache ist. Damals glaubte ich, das wäre jetzt für immer so. Ich habe Wolfgang später verlassen. Ich dachte ja, da warten noch viel größere Sachen auf mich. Aber dann habe ich gemerkt, daß mein Leben einfach zu kurz ist, für diese ganzen großen Sachen. Und jetzt stehe ich da, morgens, und schminke meine Lippen. Die gar nicht mehr da sind. Und für wen weiß ich nicht.

VERA glaubt nix

Vera sitzt bei Frau Burchard und glaubt nix. Es gibt auch noch nix, was sie glauben könnte, aber es ist schon mal eine gute Grundhaltung, nix zu glauben, wenn eines zu einer Wahrsagerin geht. Alle, die zu so was gehen, sagen immer: Wissen Sie, ich glaub da natürlich nicht dran. Die Wahrsagerin sieht aus wie eine etwas verwahrloste Bankangestellte, und wie sich später herausstellt, ist sie eine etwas verwahrloste Bankangestellte. Sie raucht Kette, und Vera sitzt ihr an einem wirklich häßlichen Tisch gegenüber, in einer wirklich häßlichen Wohnung. Während die Hexe wie besessen raucht und die Karten mischt, guckt sich Vera die Bücher im Regal an. Thorwald Dethlefsen: Krankheit als Weg. Die Nebel von Avalon. Ich bin O.K. Du bist O.K. Thorwald Dethlefsen: Schicksal als Chance. Vera bekommt einen Schluckauf. Eine kalte Hand greift nach ihrem Herzen. Menschen, die Thorwald Dethlefsen lesen, sind zu allem fähig.

Die verlotterte Bankangestellte fängt an zu reden, die Kippe im Mund. Und Vera guckt die ganze Zeit auf diese Kippe. Ob sie nicht vielleicht runterfällt, beim Reden. Das wäre Vera peinlich. Die Frau redet. Sie haben es wirklich nicht leicht im Moment. Ihre Tochter ist weg. Eine weite Reise. Ich denke, sie wird nicht zurückkehren. Ja, ist recht, denkt Vera, ohne sich zu wundern, daß die Frau von ihrer Tochter weiß. Die Hexe empfängt die Zweifelsschwingungen gar nicht, sondern redet weiter: Ihr Mann fühlt sich eher zum eigenen Geschlecht hingezogen. Ja, denkt Vera, er schläft zwar jede Nacht mit einer anderen Frau, aber wahrscheinlich irrt er sich da nur und denkt, das sind verkleidete Männer. Und die Hexe sagt: Sie werden auch bald weggehen. Mit dem falschen Mann. Dann sieht die Wahrsagerin irgendwas in den Karten und reißt den Mund auf. Die Kippe fällt nun doch auf den Tisch, und Vera muß lachen. Die Wahrsagerin lacht nicht, sondern verabschiedet sich zügig. Draußen denkt sich Vera, warum soll ich eigentlich nicht weggehen. Vera setzt sich in ein Café und sieht sich beim Kofferpacken zu. Und dann klingelt es unten an der Tür, und Rutger Hauer steht da. Er sagt, so, mal los, und dann steigen sie in ein Taxi.

HELGE ist allein

Alle weg. Nora tobt irgendwo am Meer rum und wird wahrscheinlich Hasch rauchen und Lieder zur Gitarre singen. Ich weiß gar nicht, was so Leute wie sie heute singen. Talking Heads und Kate Bush wohl nicht. Ich weiß nicht, wie die Leute heute auf der Gitarre Techno-Stücke spielen und dazu singen. Aber wirklich nicht.

Vera ist irgendwo. Und ich habe meinen freien Tag und bin alleine. Ich hab erst mal geschlafen, bis abends, versteht sich. Bis dahin alles gut. Ich dann so in der leeren Wohnung rumgetigert und mir gedacht, so, jetzt machen wir's uns mal nett. Und dann fiel mir nix mehr ein. Und gleich kommt die Nacht. Nur noch ein bißchen Licht ist da. Ganz blau, und wenn ich mich noch ein Stück weiter aus dem Fenster beuge, fall ich raus. Das würde nicht groß was machen, weil die Luft so dick ist, wie etwas, das lebt und gar nicht wehtun kann. Die Vögel sind am Wahnsinn. Ganz schnell singen sie, damit sie zu Ende kommen, ehe es dunkel wird. Dann müssen sie ruhig sein, dann ist es dunkel, und die Luft ist so Fleisch, daß die Vögel sich ganz schön anstrengen müssen da durch. Da ist etwas, was sie verrückt macht, mich verrückt macht, und keines weiß, worum es geht. Vielleicht ist es die Nacht. Da draußen, vor meinem Fenster. Die atmet aus, die Nacht. Haucht mich an. Ganz warm. Ich bin allein, an meinem Fenster, am Rande der Nacht und hätte so gern wen, dem ich was sagen kann. Und keiner da, nur ich laufe rum, in meinem

Zimmer. Und kann nicht sitzen. Schlafen auch nicht, oder denken. Zu sehr warm, zu laut die Vögel, und draußen in der Stadt wartet irgend etwas auf mich. Wenn ich rausgehe, werde ich es suchen. Nichts finden. Also gehe ich raus. Die Vögel ganz schrill. Aus ihren Zungen sollte man Pasteten kochen. Die kleinen Leiber rupfen und grillen.

Ich komme an einer Bar vorbei, ganz gelb ist die. Wie ein Bild von diesem traurigen Mann, der immer leere Bars malt, mit leeren Menschen drin. In der Bar sind so Menschen. Eine Versammlung anonymer Autisten. Die stehen am Tresen und sind schön. Ich also da rein, und dann steh ich am Tresen und schaue wie alle zum Eingang, als ob da das Glück reinkäme. Da kommen Mädchen rein. Nie alleine und sehr viel Erwarten in den jungen Gesichtern. Nett kommen die rein, die Mädchen und die Jungens kommen rein wie zum Kämpfen. Die Beine breit, als wären da Muskeln, die ein Zusammentreffen des Fleisches verhindern. Sie sehen ins Nichts, die Jungen. Sie lächeln auch nicht und gehen direkt an die Bar und schwingen sich auf Hokker, als wären das Pferde. Sie spreizen die Beine, wegen der Muskeln, und stützen die Hände darauf. Die Daumen nach außen. Und dann gucken sie wieder ins Nichts, als wär das die Prärie.

In so einer Bar alleine zu sein ist, wie allein zu sein in einem fremden Land. Das Schweigen zieht mich nach innen, und da ist auch nicht mehr los.

Neben mir kommt eine blonde Frau zum Stehen. Sie hat so ein Hängerchen an und einen Mittelscheitel und Spangen in den Haaren. Die Frau beugt sich über den Tresen und bestellt ein Kaltgetränk. Dabei kriecht eine Brustwarze aus dem Hängerchen. Die Frau läßt das ganz kalt. Sie hebt eine Augenbraue hoch, trinkt von dem Getränk und guckt. Da kommt dann auch schnell ein Mann. Er stellt sich dicht neben die Frau. Und fängt an, mit der Brustwarze zu sprechen: »Es ist warm.« »Hm«, sagt die Warze durch den Mund der Frau. Das Gespräch geht dann so weiter, und mich überkommen Trauer und Müdigkeit. Verfluchte Nacht, die mich zwingt, aus meiner Wohnung zu gehen und in einer Bar dem Blödsinn fremder Menschen zuzuhören. Ich trinke was, um das nicht mehr zu hören, über den Schlucklauten. Ich trinke was und werde immer schwerer im Kopf, und vielleicht wäre es gut, jetzt einen Socken in ein leeres Glas zu stopfen oder der Frau zu sagen: Entschuldigung, aber Sie haben da eine Warze über Ihrem Kleid. Aber so was denk ich mir immer nur, und dann gehe ich schweigend weg. Ich also schweigend weg, und draußen ist ein ganz junger Regen. Eventuell wäre es gut, ziemlich weit weg zu sein. Am Swimming-pool des Oriental Hotels in Bangkok vielleicht, wo die Luft nach verschimmeltem Metall röche, und ich würde schwitzen und süße Mixgetränke trinken. Dann würde ich in ein eiskaltes, klimatisiertes Zimmer gehen und ein Buch lesen. Oder ich säße in Venedig. In so einem Café am Kanal mit Brackwasser und Tod in der Luft. Ich würde Latte Macchiato trinken. Und dann in ein stickiges Hotelzimmer gehen und ein Buch lesen. Es ist wohl so, daß ich überall gerne wäre, an einem solchen Abend, wo ich nicht bin. Ich bin da und laufe durch die Nacht wie etwas, was da nicht hingehört.

Junge Menschen fahren in offenen Gölfen an mir vorbei. Die Mädchen haben blonde Haare, die wehen, und die Jungens tragen Kappen, und alle lachen laut. Ich glaube aber, es ist schon O. K., nicht blond zu sein und dauernd lachen zu müssen. Ich lauf also weiter, und jetzt regnet es nicht mehr. Der Geruch nach dem Regen im Mai und die Nacht im Mai und vom Regen was an meiner Wange, das feucht ist und da runterläuft. Mich auf diese Wiese da drüben werfen, rumrollen, gegen die Nacht anrollen und die ganzen Wünsche. Von denen ich noch nicht mal weiß, wie sie heißen. Wie das wohl wäre, jetzt neben einer schönen Frau zu laufen. Einer die aussehen würde wie ... und das fällt mir nicht ein, wie die aussehen sollte. Mir fallen nur Frauen ein, die nicht mehr meine sind, und wie ich neben denen durch solche Nächte gelaufen bin. Sie links, ich rechts und in jedem Fall ein Mißverständnis in der Mitte.

Die Frau, die jetzt neben mir laufen sollte, müßte eine sein, die mir noch nie begegnet ist. Eine, bei der ich alles sagen kann, ohne daß ich es erklären muß und dadurch so schnell werde im Kopf, und alles geht, weil die Frau immer die richtigen Fragen stellt und die richtigen Antworten gibt. Aber ich kann mir wirklich nicht vorstellen, wie so jemand aussehen sollte. Da gucke ich lieber die Tankstelle an. Irgendwann sollte wohl jeder mal so eine Tankstelle anzünden. Ich stelle mir vor, wie ich das machen würde. Das Streichholz irgendwie in die Zapfpistole und weglaufen. Dann in gutem Abstand an einem Baum lehnen und eine rauchen. Derweil würde die Tankstelle explodieren und hell brennen. Das würd ich mir dann ansehen, und ich hätte einmal in meinem Leben was richtig Großes gemacht. Ich lasse das im Moment, weil ich keine Streichhölzer habe und keine Ahnung, wie man so was mit einem Feuerzeug anzündet. Meine Wohnung grinst, als ich komme. Verregnet und ohne Glück. Und als ich auf meinem Bett liege, sehe ich an der Wand die Lichter der Autos. Die Spuren machen, wie eine Schlange, die Phosphor gefressen hat. Auf einmal ist es, als wenn eines die Augen zurechtschiebt, daß sie etwas erkennen, auf einem dieser blöden 3D-Bilder. Ich sehe, was die Nacht mir sagt: »Hör mal, sagt sie, es ist doch viel aufregender, auf Unbekanntes zu warten, als zu haben, was nie so sein wird, wie du es dir denkst, während des Wartens.« Und dann geht die Nacht schlafen, und das Summen der großen Stadt da draußen ist wie ein Lied, das eine Mutter oder jemand ähnliches mir singt, damit ich gut einschlafe.

BETTINA steht auf

Ich kenne diese Frauen. Ich habe kein Mitleid mit ihnen. Die Welt ist voll davon. Ich habe kein Mitleid mit der Welt. Ich kenne diese Frauen, und sie ekeln mich an, weil sie sich einem Kampf stellen, den sie nur verlieren können. Verlierer ekeln mich an. Alle Verlierer, diese Millionen Frauen, die jeden Morgen mit ihren schwachen, zitternden Frauenbeinen aus dem Bett fahren. Durch ihr Zimmer wackeln. Aufrechtgehalten nur von ihrer Angst, sich in Richtung des Kampfplatzes schleppen. Die dünnen Frauenarme das Schlottern des Herzens fortführend, in eine Ecke ihres Zimmers tasten. Sich auf den Feind werfen, diese Frauen, in einem letzten Aufbäumen vermeintlicher Stärke. Die Türen zur Hölle aufreißen. Angesprungen werden von Kröten des Zweifels, die spucken. Von Schlangen der Unsicherheit, die den Frauen eins auf die Fresse geben. Stehen sie da, feige, gedemütigt, erniedrigt im immer gleichen Gefecht, in der Hölle, nicht schlauer werdend. Verdienen sie nichts Besseres, als die Schlacht zu verlieren. Und jeden Morgen der gleiche Dreck vor dem Kleiderschrank. Das Hirn noch voller Träume von nackten Menschen, versuchen sie zu entscheiden, wie sie sich an diesem neuen Tag der Welt zeigen wollten. Versuchen zu wissen, noch mit ungeputzten Zähnen, ob das Wetter sich ändert, ob ihre Stimmung leger oder damenhaft sein wird. Fragen, die sie noch nicht einmal am Abend beantworten können, verlangen am frühen Morgen nach stoffgewordenen Antworten. Das ist der wahre Schwachsinn. Da können sie doch nur verlieren, diese Frauen. Und das tun sie dann auch. Fast immer liegen sie mit ihrer Bekleidungswahl daneben. Schlacht verloren. Wieder ein Tag umsonst gelebt.

Nichts entwürdigender, als mit einem Brustraus-und-Beinnackig-Kleid durch den Tag zu laufen und sich eigentlich nach weitem Sack zu fühlen. Die Blicke aller Menschen peitschen auf dem ungeschützten Frauenleib rum. Die Frau fühlt sich billig, unwürdig, fett und häßlich. Fehlentscheidung.

Nichts peinlicher, als mit langem Arm und Beinkleid durch die plötzlich aufgetauchte Sonne zu laufen, zu transpirieren wie der Teufel, schlecht zu riechen, Make-up verschwitzt, verschwimmt in ihren Gesichtern. Fehlentscheidung. Schlacht verloren. Tag versaut.

Was beneiden diese Frauen dunkelhäutige Menschen. Keine Ahnung ob die korrekt Neger oder Farbige oder Fritz heißen. Die Menschen halt, die sich irgendein Stück Stoff um den Bauch rollen und fertig. Beneiden auch wirklich schöne Menschen. Bei denen es völlig egal ist, was sie so anziehen. Weil sie schon morgens perfekt gestylt aufwachen. Beneiden sie Tiere, all diese Frauen. Tiere, die sich morgens die Zähne putzen, mal durch die Haare gehen und dann ist gut.

Frauen, all diese armen Frauen, die glauben, neue Sachen würden irgend etwas an ihrer Unfähigkeit, sich am Morgen für eine Anziehsache zu entscheiden, ändern. Nichts wird sich für sie ändern, niemals. Das ist die wahre Hölle, die Frauen durchleben müssen, bis sie irgendwann sterben und mit viel Glück als Mann oder Hund wiedergeboren werden. All die Millionen Frauen, die jeden Morgen das Haus verlassen, bei den ersten Schritten, den ersten Blicken spüren, daß sie komplett daneben aussehen, weil sie diesen verfluchten Rock tragen, die verdammte Hose, die widerliche Bluse. Einen Tag verschenken, mit schlechter Laune durch schlechtsitzende Trikotagen. Ihr Leben verschenken, dem Unwohlsein in den Rachen werfen. Sie tun mir noch nicht einmal mehr leid. Ich verschwende keine Kraft, sie zu verachten. Ich habe meinen Weg gefunden. Ich habe die Schlacht gegen den Kleiderschrank, gegen meine Minderwertigkeitsgefühle, gegen versaute Tage durch trikotale Fehlentscheidungen gewonnen. Es war einfach. Es ist einfach. Ich gehe nicht mehr aus dem Haus. Was soll ich draußen? Da sind Straßen, Autos und fremde Menschen. Lauter uninteressante Dinge. Ich muß nicht rausgehen. Ich muß mich nicht anziehen, um da mitzumachen. Ich kann morgens einfach mein Nachthemd gegen einen Trainingsanzug tauschen, kann in der Dämmerung zum Bäcker schleichen und damit hat es sich, mit allem, was außerhalb meiner Wohnung liegt. Ich schlurfe durch meine abgedunkelten Zimmer, habe Pickel im Gesicht und fettiges Haar. Ich habe meine Kleider verbrannt, den Schrank auch. Im Schlafzimmer ist ein großer Haufen Asche. Die Wände geschwärzt. Insignien eines gewonnenen Kampfes, der Feind klebt an der Decke. Ich weiß, daß immer mehr Frauen meinem Vorbild folgen werden. Die Straßen leer sein werden, bis auf ein paar mausgraue Männer, die herumirren werden und nach Frauen gucken. Aber da sind keine mehr. Die sind zu Hause, in dunklen Wohnungen, in schmutzigen Trainingsanzügen. Sie liegen im Bett und gucken Fernsehen. Sie essen Pralinen. Und sie sind sehr, sehr glücklich.

RUTH trifft einen Mann

Ich hatte echt im Gefühl, daß heute was passiert. In der
Nacht hab ich geträumt. Ich bin mit Philippe Noiret Fahr-
rad gefahren. Sommer, durch ein Feld, mit dem typischen
Sommer-durch-ein-Feld-Geruch. Philippe ist vom Rad gefallen. Ich hin zu ihm und seinen Kopf gehalten. Der Kopf
lag dann in meinem Schoß, Philippe war schon noch dran,
an dem Kopf, und wir fingen an zu küssen, und ich war so
verliebt, in dem Traum, daß es mir sehr gut ging, beim Er-
wachen. Das Gefühl hielt den ganzen Tag. Es war, als wär
ich wirklich verliebt. Gegen Abend wurde es schwächer
und ich ein bißchen traurig, als ich in den Speisesaal kam
und all die alten Schachteln sah, dachte ich, es war halt
doch nur ein Traum. Und dann guckte ich so rum, und auf
einmal sah ich ihn. Ein Mann saß da. Ein Neuzugang, wie
sich das Personal ausdrücken würde. Und ich weiß, daß es
bescheuert klingt, aber der sah aus wie Philippe Noiret,
nur daß er eine Armprothese hatte. Ich bekam sofort Herz-
klopfen. Also, das hatte aber nichts mit der Prothese zu
tun. Und hab ihn wohl ziemlich angestarrt. Weil, nach
dem Essen kam er zu mir. Er also zu mir hin und mich angesprochen. Wir sind dann noch raus in den Garten und
haben lange auf einer Bank gesessen und geredet. Als ich
in mein Zimmer ging, habe ich mich gefühlt wie als junges
Mädchen. Ich konnte lange nicht einschlafen. Ich glaube,
es war der schönste Tag seit Jahren.

TOM liegt im Bett

Ich bin was über 30. Ich liege in meinem Bett und auf mir liegt meine Elch-Wärmflasche. Neben meinem Bett steht ein Buch. Aufgeschlagen. Der Mond draußen macht das Ohr von dem Hasen in dem Buch glänzen. Ich bin müde. Vielleicht weil ich älter werde, und wann, eigentlich, kommen Männer in die Midlife-Krise?

Ich ziehe Sachen an, in denen ich mich ruhig bewegen muß. Eigentlich müßte ich jetzt auch schon Steuern zahlen. Da kommen Umschläge von der Bank und vom Finanzamt. Ich verbrenne die. Manchmal fliege ich irgendwohin und übernachte in Hotelzimmern. Dann springe ich jedesmal mit Schuhen auf dem Bett rum und räume die Minibar leer. Da tue ich Kissen rein. Nicht, daß mir so was groß Spaß machen würde, aber da ist so eine Verpflichtung. Erwachsen sind die mit 40. Die erkenne ich von weitem. Die Leute, die so alt sind wie ich, wissen alle nicht, wie das geht, mit dem Leben.

Weil es cool ist, versuchen alle viel Geld zu verdienen. Das geben sie für Spielzeug aus. Für Snowboards, Klamotten und Autos. Ich auch. Wenn mein Kühlschrank voll ist mit Essenssachen, sehe ich mir das immer wieder an. Manchmal mache ich auch ein Polaroid von dem vollen Kühlschrank. Volle Kühlschränke sind ein zwingendes Indiz für Weisheit. Meine Wohnung ist teuer. Sie hat viele Zimmer, in denen nichts steht. Große Möbel machen mir angst. So endgültig sind Möbel.

Ich liege immer nur in einem kleinen Raum auf einer Matratze. Gerne sehe ich fern und esse dabei Kartoffelbrei. Tags gehe ich arbeiten. Ich mache wichtige Gesichter. Sage wichtige Sachen und muß manchmal lachen. Einfach aufs Klo gehen und lachen, weil ich meine Rolle so gut spiele. Die Kollegen, die ich habe, sind so alt wie ich. Sie tragen Anzüge und reden in Meetings über wordings, locations und motivationale Schubkraft. Wenn sie nicht arbeiten, fahren sie mit ihren schnellen Autos, mit Schaltung und so, weil das sportlich ist. Sie springen mit Fallschirmen herum und fahren Ski auf dem Wasser. Frage ich sie, wozu sie auf der Welt sind, dann erzählen sie was von Geld, Freiheit, Spaß und später Familie. Später. Wenn wir erwachsen sind. Ich liege in meinem Bett, und auf einmal scheißt mich alles an. Ich liege in meinem Bett und glaube, ich werde morgen aufstehen und ein neues Leben anfangen. Echt. Ich glaub, das mach ich.

BETTINA fährt Taxi

Ich bin durcheinander. Ich bin in ein Taxi gestiegen und hab gesagt: zum Bahnhof. Dann fuhr es los, und ich merkte, so nach 10 Minuten, daß irgendwas nicht richtig ist. Dann hatte ich eine Idee. Ich sagte dem Taxifahrer: äh, lieber doch zum Flughafen. Der Fahrer guckte mich an. In seinem Blick war ein wenig Angst. O. K. Ich habe dann gemerkt, daß Flughafen der Sache, von der ich immer noch nicht wußte, um was es sich handelt, näherkommt. Na, dann war ich am Flughafen. Immer noch keine Ahnung. Ich ging dann zu dem Schalter, wo immer Tickets hinterlegt werden, und betete still. Die Frau lächelte und gab mir ein Ticket nach Düsseldorf. Und dann fiel es mir wieder ein. Ich sollte da ein Konzert von so einer Scheiß-Band besuchen. Das war echt gut, daß mir das wieder einfiel. Es ist Freitag. Ich war in den letzten beiden Wochen in Paris, in London und Berlin. Ich meine, da kann ich ja schon mal durcheinanderkommen, und jetzt fliege ich nach Düsseldorf. Ich hasse Konzerte. Es gibt keinen überraschenden Grund, warum das so ist. Ganz normale Platzangst. Ich habe vielleicht zuviele Horrorfilme gesehen. Ich mag ja Horrorfilme. In denen so Köpfe aufplatzen und Tiere rauskommen. Oder ein Feuer um sich greift und die Menschen verkohlen und die Gerippe mit Fleischbrocken dran immer noch rumlaufen und Äxte in der Hand haben. Aber das tut meiner Angst vor Katastrophen nicht gut. Ich steh also in so einem vollen Saal und schwitze vor Angst. Dann kommt die Band, und sie ist unterirdisch schlecht. Ich weiß nicht, warum alle Männer Musik machen wollen. Ich weiß sowieso nicht, warum Männer immer was machen wollen. Und erst recht nicht, warum Leute sich so einen Scheiß anhören. Nach dem Konzert treffe ich die Musiker in ihrem Hotel. Ein häßliches Hotel, passend zu ihrer häßlichen Musik. Die Burschen sind total cool und denken wirklich, sie wären Stars oder so. Ich glaube, Stars müssen nicht auf den Boden aschen und ihre langen Beine über Sessellehnen hängen. Und dann nehme ich diesen einen Mann wahr. Und während ich ihn wahrnehme und mich verliebe, denke ich, eigentlich habe ich da gar keine Lust drauf. Das ist ja wie eine Krankheit, mit dem dauernden Verlieben und Unglück und wirklich, das läuft alles zur gleichen Zeit ab, während ich diesen Mann anschaue.

PIT ärgert sich

Da war schon wieder so eine Frau. Immer sind da solche Frauen. Die heute hat die Journalisten-Nummer gebracht. Ich bin mit zu ihr gegangen. Die Frau war schon älter. Ich hatte eigentlich keine Lust auf sie. Aber ich wollte auch nicht alleine sein. Da bin ich mitgegangen. Die war wie ein Hund, die Frau. So aufgeregt. Ist um mich rumgesprungen. Hat mich ausgezogen und alles gemacht. Ich hätt auch alles mit ihr machen können. Hatt ich aber keine Lust zu. Ich hab dann mit ihr geschlafen. Weil ich ja nun mal da war. Und, ehrlich, mittendrin ist mir voll schlecht geworden. Ich sah mich auf dieser Frau liegen. Und wußte auf einmal gar nicht mehr warum. Dann fiel mir das zum Glück wieder ein. Es ist Rock 'n' Roll, man. Es ist mein Job. Da konnte ich die Sache dann zu Ende bringen. Ich weiß ganz sicher, daß ich das Zeug zu einem Star habe. Wüßte nicht wer sonst. Aber es ist bis jetzt einfach noch nicht richtig gelaufen. Ich war schon in vielen Bands. Immer waren es Stümper, ohne Starqualität. Einmal waren wir schon kurz vor einem Plattenvertrag. Aber der Plattenheini hat dann einen Rückzieher gemacht. Das ist doch alles eine Mafia. Heute was Individuelles zu machen ist fast unmöglich. Wenn ich mich ansehe, dann wird mir das klar. Ich bekomme Arbeitslosengeld und wohne in einer miesen, kleinen Bude. Weil keiner checkt, daß es echt Kunst ist, was ich bringe. Alles Arschlöcher. Überall.

RUTH sieht da was auf dem Nachttisch

Beim vorletztenmal hat er meine Hand genommen. Beim letztenmal haben wir uns geküßt. Heute gehen wir Arm in Arm. Es ist schon dunkel. Wir haben Kaffee getrunken. Und dann Portwein. Er bringt mich zu meinem Zimmer. Er kommt mit in mein Zimmer, und wir trinken Likör. Sitzen auf dem Bett. Dann beginnen wir uns zu küssen. Er macht das Licht aus, und ich höre seine Sachen rascheln. Ich habe seit 20 Jahren nicht mehr mit einem Mann geschlafen. Ich spüre seine Hand. Er öffnet die Knöpfe meiner Bluse. Zieht mich aus. Dann sind wir nackig. Liegen nebeneinander und ich höre ein Geräusch. Er hat die Armprothese abgemacht und sie auf den Nachttisch gelegt. Ich schmiege mich an ihn. So schön ist das, einen Körper neben sich zu spüren. Er legt sich auf mich. Soviel weiß ich noch. Daß ich weiß, daß sein Glied schlaff ist. Da kann man nicht zusammen schlafen. Er geht wieder runter von mir, und ich fasse sein Glied an. Es wird nicht steif. Er legt sich auf mich. Und versucht es so reinzutun. Das geht ein bißchen. Hoffentlich rutscht es nicht wieder raus. Draußen im Park gehen die Laternen an. Das Licht fällt auf den Nachttisch. Und da liegt die Armprothese. Ich guck die an, und mir wird ganz romantisch, ich meine, das ist ein Teil von meinem Geliebten, das da auf meinem Nachttisch liegt. Ich streichel ganz langsam über diese blöde Prothese und habe wirklich ehrliche Gefühle für sie.

NORA ist unterwegs

Das Licht ist dazwischen. Nicht hell. Nicht dunkel. Ein bißchen Nebel. Oder Staub.

Über die Straße weht Papier. Und ein Hund. Es wird früher kalt, als ich dachte. Ich laufe mitten auf dieser Straße. Neubauten. Vor 30 Jahren waren sie neu. Und der ganze Ort träumte vom Reichtum. Von Leben und Touristen. Die kommen, so wie die Häuser aussehen, schon lange nicht mehr. Kein Mensch. Ein paar Alte sind noch da.

Die träumen von nichts mehr. Und hoffen auf nichts. Die Jungen sind aufgebrochen. In die Stadt. Um dort weiterzuträumen. Es klappert. Jalousien. Längst nicht mehr benutzt. Die Straße endet am Meer. Das liegt da, in diesem komischen Licht und sieht so alt und abgestanden aus, wie alles in diesem Ort. Weiter hinten, in Richtung Horizont, stehen zwei dicke Männer bis zum Oberschenkel im Wasser. Sie sehen in entgegengesetzte Richtungen. Stehen einfach da.

Ich setze meinen Rucksack ab, mich darauf. Das Klappern hört man bis hier. So tot ist das Meer.

Ich bin müde. Ich werde nicht mehr weitergehen. Ich habe alles gesehen. Der Ort ist ehrlich. Ich laufe seit einem Monat. Ich schlafe draußen, wenn es dunkel wird. Und wache auf und laufe weiter. Inzwischen stinke ich. Meine Sachen stinken, meine Haare, meine Zähne. Alles stinkt. Nach dem Wein, den ich abends trinke. Nach Staub, nach Autos.

Ich glaube, gestern hatte ich Geburtstag. Ich bin 17 geworden.

Ich habe gedacht, wenn ich weg wäre, von zu Hause, wäre es besser. Aber es war ein Irrtum. Hier ist nichts besser. Hier ist es nur häßlicher.

Ich sitze auf meinem Rucksack und sehe zu, wie es dunkler wird. Die Männer sind weg. Ich habe sie nicht gehen sehen. Gott hab sie selig.

Ein Typ steht neben mir. Er grinst, und sein Mund ist voller Zahnlücken. Er hat schwarze Haare und spricht spanisch. Auf mich ein. Ich habe wenig geredet. Seit einem Monat. Eigentlich gar nicht mehr geredet. Ich werde auch mit ihm nicht reden. Er faßt mich an. Ich lasse mich anfassen. Er grinst. Ich sehe in seinen Mund.

Natürlich gehe ich mit ihm. Ich bin bis jetzt noch mit jedem gegangen. Was soll ich sonst tun. Wir laufen schweigend nebeneinander. Wieder diese tote Straße. Es gibt nur die eine, in diesem Ort. Das Klappern hat aufgehört. Jetzt heult der Wind, und die Straßenlaternen quietschen. Ich hinter dem Jungen her in so ein Haus. Dreck im Hausflur. Die Beleuchtung flackert. Zweiter Stock. Eine gelbe Wohnung und ich im Flur. Im Zimmer, eine Matratze. Ein Tisch mit Wachstuchdecke.

Eine Neonlampe. Und natürlich kaputte Jalousien. Aus dem Haus kommt kein Laut.

Ich sitze an dem Tisch und starre an die Wand. Ich denke darüber nach, was irgendwen dazu bringen konnte, eine rosane Tapete mit kleinen Schiffen zu bedrucken. Der Junge kommt und stellt einen Teller vor mich und Wein. Wir essen irgendwas auf. Ich mag nicht rausfinden, was es ist. Und er steht dann auf und zieht mich auf die Matratze, zerrt an meinen Sachen herum, und ich liege da. Ich sehe mir seinen Mund an.

Der Mund redet spanische Sachen. Er zieht mich nicht ganz aus. Vielleicht, weil das Licht an ist und er meinen Geruch zu sehr sehen kann. Er legt nur Partien frei. Ich zähle die Schiffe. 10, 11, 12 Schiffe. Beim 30sten Schiff ist er fertig und rollt ab. Ich stehe auf, und es läuft mir die Beine runter. Ich mache endlich dieses mistige Licht aus. So im Dunkel kann ich liegen und kurz glauben, ich wäre nicht allein. Ich liege und sehe, wie lange die Nacht anhält. Und wie es zu dämmern beginnt. Und dann gehe ich. Ich fühle mich verklebt, und der Morgen ändert nix daran. Die Straße zum Meer hinunter.

Die beiden Männer stehen bis zum Oberschenkel im Wasser und sehen einander nicht an. Mein Mund schmeckt nach Wein, und ich friere.

Ein Laster nimmt mich mit. Ich habe nicht verstanden, wohin. Ein dicker alter Mann. Wir fahren durch leere Landschaften, tote Orte. Ich glaube, ich kann gar nicht mehr reden. Noch nicht mal mehr mit mir selbst. So eine Stille ist das. Alles eingefroren. Zurück kann ich nicht. Ich weiß, daß es dort nicht anders wäre. Ich kann nirgendwohin. Ich fahre Laster und habe Angst davor, daß die Fahrt zu Ende ist. Ich aussteigen muß. Ich will mich nicht mehr bewegen. Alles starr in mir. Der dicke Mann redet ab und zu. Sein Blick stimmt nicht. Er lügt. Er will mich und denkt, ich will nicht. Er weiß nicht, daß ich gar nichts will und er mich einfach haben kann. Jeder kann mich haben. Es macht mir nichts. Es ist besser, als allein zu sein. Sie nehmen mir für einen kurzen Moment die Entscheidung ab, wohin ich gehen soll, diese Männer.

Der Laster hält an. Vor einem verfallenen Haus. Schrott davor und ein paar Hunde.

Daneben ist eine alte Fabrik. Wir gehen in das Haus, und er zeigt mir einen Platz, an dem ich schlafen kann. Kalt ist es. Die Matratze ist klamm. Als der dicke Mann kommt, weiß ich gar nicht, ob er es wirklich ist oder ob ich träume. Ich werde immer langsamer. Ein neuer Morgen. Ich laufe am Schrottplatz vorbei. Es gibt keinen Sinn. Laufen.

Damit ich nicht einfriere.

Die Nächte draußen werden immer kälter.

Mir ist so kalt. Ich will mich nicht mehr bewegen. Jede Bewegung ist anstrengend.

Jeder Tag ist anstrengend. Laufen will ich auch nicht mehr. Ich sitze an einer Straße. Irgendwo. Weit weg von zu Hause. Kein Auto kommt hier vorbei. Kein Haus in der Nähe. Die Dunkelheit. Die Kälte. Und ich. Spüre, wie mein Körper die Temperatur der Luft annimmt. Und die ist kalt. Das ist gut. Haben wir alle dieselbe Temperatur.

BETTINA blöd

Wir sind die Generation der Beschissenen. Ich weiß nicht
von wem und um was. Vielleicht weil sie uns die Unschuld
genommen haben. Den Glauben an einen Sinn. Vielleicht
ist die Wissenschaft schuld oder irgendein Bankangestell-
ter, der in seiner Freizeit Versuche macht. Alles mußten
wir erklären und jetzt haben wir den Mist. Noch nicht mal
Liebe ist noch ein Geheimnis. Da wissen wir, daß es um
Hormone geht, um die Paarung, die Evolution. Ich meine
nicht, daß es die Sache einfacher macht. Ich bin verliebt,
und es tröstet mich nicht zu wissen, daß es sich um einen
chemischen Vorgang handelt. Er ruft nicht an. Der Musiker. Es ist nicht so, daß ich blöd bin. Ich merke genau, daß
die ganzen Männer, die ganzen Leidenschaften, austausch-
bar sind. Aber ändern kann ich es auch nicht. Jedesmal
glaube ich an die Erlösung von was? Auf der Straße laufe
ich, als ob ich ihn immer treffen könnte. Ich beobachte
mich im Fenster der U-Bahn. Immer versuche ich glücklich
auszusehen. Damit ich glücklich aussehe, wenn ich ihn
treffe. Aber ich treffe ihn nicht. Ich hänge in Bars rum, in
Cafés, wie alle in meinem Alter in einer großen Stadt. Die
8oer sind durch, und manchmal denk ich, so schlecht waren die auch nicht. Alle hatten schwarze Sachen an, und in
der Werbung zu sein war kein Dreck. Wir konnten wenigstens das Geld anbeten, in den 8oern. Und uns sagen, Single sein ist klasse, weil es der Karriere dient, und die dient
dem Geldverdienen, und das ist einfach klasse. Jetzt ist

Geld verdienen out und Karriere auch, aber leichter ist nichts. Solange Beziehungen noch Beziehungen heißen, wird auf dem Gebiet auch keine Verbesserung zu erreichen sein. Ich weiß alles. Und warte trotzdem. Daß dieser Typ anruft. Und natürlich ruft er nicht an. Und ich lauf rum und suche ihn und treffe ihn nicht. Nach zwei Wochen bin ich im Wahn. Ich weiß inzwischen, daß es nur diesen einen Mann gibt, auf der ganzen Welt, mit dem alles anders werden würde. Er ruft nicht an. Ich rufe ihn an. Nach zwei Wochen.

»Hallo, hier ist Bettina.«

»Welche Bettina?«

»Die von neulich. Du weißt schon. Das Interview.«

»Ach, klar. Und, was ist mit dem Interview?«

»Ich brauch noch ein paar Sachen.«

»Was denn. Könn mer ja am Telephon machen.«

»Äh, lieber persönlich.«

»Sieht schlecht aus, im Moment. Frag mich doch einfach.«

»O. K., ich ruf morgen wieder an.«

Dann sitz ich zitternd vor dem Telephon. Vielleicht war ihm nicht gut. Oder jemand war bei ihm. Laß ihm doch nicht gut gewesen sein. Am nächsten Tag ruf ich wieder an.

»Hey – Bettina, du weißt schon ...«

»Ja. Also, was willst du noch wissen?«

»Ich hab wirklich noch viele Fragen. Kannst du nicht vorbeikommen?«

»Scheiße. Wann?«

»Heute?«

»Wann?«

»Wann kannst du?«

»Ich hab von 5 bis 6 'ne Stunde.«

»Später nicht?«
»Nee.«
»O. K., um fünf bei mir.«

In einer Stunde kommt er. Bestimmt hat er wirklich was
vor. Heute abend. Er kommt. Er liebt mich. Ich ziehe mich
um. Und um. Parfüm. Puder. Es ist zum Glück schon ein
bißchen dämmrig um fünf. Da kann ich Kerzen anmachen.
Das sieht besser aus. Ich mach Kerzen an. Stell Wein hin.
Räum ihn wieder weg. Er soll nicht denken. Und ich sag
noch schnell, nichts will ich mehr wissen, von Chemie und
Hormonen und so. Ich will die reine Liebe.

Er kommt. Nicht. Zehn nach fünf. Zwanzig nach fünf
kommt er. Steht vor meiner Tür. Lächelt nicht. Geht rein.
Setzt sich. »Frag mich, ich habs eilig.« Ich frag ihn. Sinnloses Zeug. Tu, als würde ich mitschreiben. Ich schreibe:
Scheiße. Scheiße. Scheiße. Ich möchte losheulen. Er sieht
durch mich durch. Meine Stimme zittert. Er sieht mich an.
»Willst du mit mir schlafen?«

Ich sag nichts. Was soll ich sagen. Er steht auf.
»Komm.« Sagt er und geht an mir vorbei ins Schlafzimmer. Ich ihm nach, was sonst. Er hat sich aufs Bett gelegt.
Mit seinen Stiefeln. Ich stehe und schau auf ihn runter. Er
ist so schön. »Zieh dich aus, wenn du willst.« Sagt er, und
ich stehe nur da. Und er steht auf. »Dann nicht«, sagt er
und will an mir vorbei. – Er bleibt stehen. Zu dicht. Ich fall
an seine Brust. Die ist so breit und warm. Aber die gehört
mir nicht. Er faßt unter meinen Rock. Wirft mich aufs
Bett. Da liege ich. Ich höre, wie er seine Hose aufmacht.
Und warte, daß etwas passiert. Da macht er seine Scheiß-
Hose wieder zu.

Und ich hör, wie er die Tür zuschlägt.

TOM fährt mal los

Das war an einem Montag. Tom stand auf, so gegen 11 Uhr, und ging ins Büro seines Chefs. Toms Chef war ungefähr in Toms Alter, so um die Dreißig, und in der Firma sagten alle du zu ihm. Das war lässig, täuschte Gleichberechtigung vor. Aber alles in allem war Toms Chef einfach nur ein Arschloch. Und Tom ging da rein und zog sich die Hosen runter und zeigte seinem Chef seinen Hintern. Das war nicht radikal originell, aber darum ging es Tom auch gar nicht. Er wollte irgendwie nur einen sauberen Abgang. Der Chef, das Arschloch, versagte Tom sogar das. Er guckte auf den Arsch und sagte, Sie haben da ein paar unangenehme Pickel. Danach ging Tom nach Hause. Hat ein paar Sachen gepackt. Die, die noch übrig waren, nachdem er alle Anzüge weggeworfen hatte. Und die Krawatten. Und die Budapester. Und mit dem, was übrig war, und das war wenig, ist er losgegangen. Stand an so einer Straße rum und versuchte ein Auto anzuhalten. Das dauerte ganz schön lange, bis so ein Auto hielt. Aber Tom war das egal. Er hatte es nicht eilig, sagen wir mal. Das Auto fuhr mit Tom in die Schweiz, und die ganze Zeit saß er stumm hinten in dem Auto drin und wartete auf irgendein Gefühl. Da kam aber erst mal nichts, bis in die Schweiz war es eben nur so, daß er hinten in einem Auto saß. Sie fuhren so die Nacht durch. Und am Morgen stand Tom an einer Raststätte in der Schweiz. Und in der Schweiz sehen Raststätten manchmal aus wie ganz schöne Hotels. Tom dachte sich, sieht aus, wie ein Hotel, diese Tanke. Tom guckte die Berge an. Es roch nach fremd und nach Benzin. Raststätten riechen immer definitiv nach Urlaub. Und Tom stieg dann in einen Laster. Er fühlte immer noch nicht speziell was, er guckte sich die Berge an, und irgendwann schlief er ein. Am Abend waren sie schon tief in Frankreich. Der nächste Laster fuhr mit Tom über die Grenze nach Spanien. Und dann war Tom lange genug Laster gefahren. Er nahm sich ein Hotelzimmer. Badete. Und setzte sich auf den kleinen Balkon. Unten war ein Dorfplatz. Vor einer Kneipe saßen ein paar alte Männer herum. Tom saß auf dem Balkon. Und er lächelte. So lange, daß es fast weh tat. So ungewohnt war dem Gesicht das.

BETTINA sitzt vor dem Café

Junge Menschen sitzen in Gruppen vor einem Café. Dem Café. Da sitzt nicht irgendwer, sondern nur wer dazugehört. Ein Fotograf sitzt neben Bettina. Er hat sich eine Glatze geschnitten und versucht auszusehen, als wäre er ein echter Typ. Bettina hatte ihn gestern auf seiner Ausstellung kennengelernt. In einem ganz kleinen Raum hingen große Fotos von Menschen beim Geschlechtsverkehr. Eine nackte Frau servierte Getränke, und der kleine Raum war voll mit Menschen, die alle irgendwie mit Zeitungen oder Werbung zu tun hatten. Die Männer hatten zu große T-Shirts an und manchmal Kappen auf. Alle trugen ihr Haar kurz und taten, als wären sie Anfang Zwanzig. Die meisten waren wohl auch Anfang Zwanzig. Die Frauen hatten zu enge T-Shirts an und Hosen, die auf den Hüften saßen und in jedem Fall eine häßliche Figur machten. Die Frauen hatten glatte Haare, waren so geschminkt, daß sie ungeschminkt aussahen, und jung waren sie auch. Alt gehört sich nicht.

Alle Menschen in dem kleinen Raum gestern schienen zu leiden. Sie schauten sich gelangweilt die Fotos von den Nackten an. Alles schon gesehen. Und über die nackte Frau, die servierte, konnten sie noch nicht mal mehr lächeln. Das war einfach nur noch uncool. Der Fotograf hatte Bettina angesprochen. Und weil Bettina sich von fast jedem, der irgendwie lässig aussieht, ansprechen läßt, sitzt sie jetzt hier neben ihm auf dem Platz. Der Fotograf sagt gerade: Ich hab total häßliche Füße, guck mal. Und dann holt er einen seiner Füße aus einem Halbschuh. Bettina guckt den Fuß an und sagt: »Stimmt.« Der Fuß ist wirklich extrem häßlich. Ein weißes Teil mit schiefen Zehen und dunklen Haaren drauf. Dann schweigen sie wieder, und der Fotograf tut seinen Fuß weg.

Der Platz vor dem Café ist voll mit jungen Menschen, die tun, als würde sie irgendwas verbinden. Aber außer der Langeweile fällt Bettina nicht ein, was das sein könnte. Der Fotograf hängt unterdessen seine Hand in Bettinas Milchkaffee. Bettina wird übel vor Langeweile. Sie sieht Vera über den Platz kommen. Ein bißchen unsicher, wie immer, wenn so viele lässige Menschen da sind, läuft Vera. Der Fotograf begreift, daß er seine Chance vertan hat, er wird heute zu keinem Geschlechtsverkehr kommen, und darum geht er mit seinen häßlichen Füßen weg. Warum ist es so, daß man sich in die wenigsten Menschen verlieben kann, fragt Bettina ihre Freundin. Und Vera sagt: Das ist so, weil wir uns nie in Menschen verlieben, sondern in komplizierte Ideen. Bettina nickt und schweigt. Die beiden sehen auf den Platz und fühlen sich angenehm anders als die Generation der Betrogenen in ihren häßlichen Anziehsachen, mit ihrer häßlichen Musik und mit der Aussicht auf ein häßliches Leben voller politischer Korrektheit. »Weißt du noch wie alt dir das vorkam, wenn du als Kind dachtest, wie alt du im Jahr 2000 bist, und wie dann alles aussieht?« fragt Bettina. Und Vera sagt: Ich hätte nie gedacht, daß Leben so kurz sind. »Wir kennen uns jetzt seit 18 Jahren«, sagt Bettina, und das Schweigen zwischen ihnen wird noch ein bißchen tiefer. »Ich glaube, ich bin unglücklich verliebt«, sagt Bettina dann, und Vera sagt da gar nichts zu, denn sie weiß, daß sie jetzt besser schweigt. Bettina verliebt sich andauernd und meistens unglücklich, und es ist Veras Rolle, sich das einfach anzuhören. Und Bettina erzählt von dem schönsten Mann, der ihr jemals begegnet ist und daß es DER Mann ist und daß er nicht anruft, aber vermutlich nur, weil er gerade irgendwie zu tun hat, und Vera seufzt, denn sie weiß, Geschichten, die so beginnen, haben nie ein gutes Ende.

TOM sitzt am Meer

Die Sonne geht unter. Das fand ich noch nie spannend. Geht sie halt unter. Das passiert nun mal. Ich sitze am Meer und trinke Rotwein. Ich hasse Frauen, die Sonnenuntergänge lieben. Eine gefährliche Sucht nach heiler Welt.

Ich guck also diese Sonne an, die einfach nur ihren Job erledigt. Der Strand ist leer. Es ist auch kein schöner Strand. Der Ort hinter dem Meer ist sogar sehr häßlich. So ein Ort, den sie irgendwann aus dem Boden gestampft haben, um Touristen zu verarschen. Und das haben sie jetzt davon. Statt in ihren hübschen kleinen spanischen Häusern Paella zu kochen, sitzen sie jetzt in Neubauten und essen Fertiggerichte, die blöden Spanier. Ich bin schon lange unterwegs. Fühlt sich an wie ein paar Jahre. Meine Haare lasse ich jetzt einfach wachsen. Und die T-Shirts wasche ich im Meer. Ich bin zum erstenmal alleine irgendwo. Nur mit mir. Ich rede mit mir. Ich schlafe mit mir. Ich habe Sex mit mir. Eigentlich nix Neues. Nur, daß es klarer wird. Zwei alte Männer kommen. Sie ziehen sich voneinander abgewandt aus. Legen die Sachen auf Bruch und gehen ins Wasser. Ich tät hier nicht ins Wasser gehen. Es mag so dreckig sein wie überall. Aber hier sieht es gefährlich dreckig aus. Es sieht nach Hautfäule aus oder so. Die beiden bleiben stehen. Das Wasser geht ihnen bis zum Schritt. Sie schauen zum Horizont und stehen einfach da. Vielleicht warten sie auf was. Eine Fata Morgana, eine nackte Frau oder daß sie noch mal jung werden. Obwohl ich mir das nicht vorstellen kann. Ich möchte ja auch nicht noch mal jung sein. Irgendwann hat man vielleicht einfach genug. Da kennt man alles.

Ich wußte gar nicht, daß ich so viele Gedanken in meinem Kopf habe. Ich denke über alles nach. Und nichts stimmt mehr. Irgendwann wird mein Geld alle sein. Ich weiß noch nicht, was ich dann tue. Heimgehen werde ich nicht. Hoffentlich nicht. Ich weiß auch gar nicht, wo das ist – zu Hause.

KARL riecht nix Gutes

Wenn ich mir Bilder von jungen Mädchen ansehe, wird mein
Schwanz noch steif. Bei Ruth nicht. Ruth ist so alt wie ich. Ihr
Körper riecht alt. Ich kenne diesen Geruch von mir. Also ir-
gendwann, so mit 40 hat das angefangen. Da roch irgendwas.
Ich habe die Wohnung gelüftet, die Bettwäsche gewechselt,
und es ging nicht weg. Dann kam ich drauf, daß ich das bin.
Da half kein Duschen, kein Deo. Es roch. Muffig. Dumpf. Der
Geruch alter Körper. Gespeicherte Giftstoffe. Was weiß ich.
Diesen Geruch hat Ruth auch. Wir versuchen zusammen zu
schlafen, aber es geht nicht. Manchmal ist es so schlimm, daß
ich ins Bad muß. Mich beruhigen. Weil ich weiß, daß ich sie
verletze. Ich möchte so gern noch mal ein junges Mädchen.
Aber das kriegt man in meinem Alter nur mit viel Geld. Ich
habe nicht viel Geld. Seit ich Ruth kenne, denke ich viel über
Sex nach. Bin fast besessen davon. Als ob da was geweckt
worden wäre. Ein Grizzly, der geschlafen hatte. Grizzlys rei-
ßen ihre Opfer auf. Die russische Umarmung. Von hinten
kommen die Grizzlys und tun den Menschen auf wie diese
Würste mit dem Reißverschluß. So fühl ich mich auch. Aus-
einandergerissen. Aufgefetzt. Es ist schön, mit Ruth zusammen. Vorher war ich immer in meiner Wohnung. Alleine. Es
ist schön, wieder reden zu können. An jemanden denken zu
können. Wenn sie mich nur nicht immer anfassen wollte. Ich
mag nicht jemanden anfassen, der mich daran erinnert, daß es
bald zu Ende ist. Aber vielleicht bin ich auch ganz einfach nur
ein Arschloch.

VERA geht zu einer Party

Keine Ahnung, ob es noch Menschen gibt, die richtig arbeiten. Also, die irgendwelche Dinge herstellen und sie
dann in Papier verpacken. Ich kenne solche Menschen
nicht. Nur noch welche, die mit was Irrealem umgehen.
Mit Geld oder mit Informationen, mit Sachen also, die es
vielleicht gar nicht gibt. Vielleicht ist das ein Grund, warum alle so drauf sind. Wenn Menschen mit Sachen umgehen, die es nicht gibt, stellt sich natürlich knallhart die Frage, ob es überhaupt Menschen gibt. Ich steh in so einem
Raum, in dem eine Zeitschrift ihr Begräbnis feiert. Zeitschriften, die nicht zur Hälfte aus Werbung bestehen, sterben. So ist das Gesetz. Vielleicht sollten Zeitschriften nur
noch aus Werbung bestehen. Ich glaube nicht, daß es jemandem auffallen würde. Die Zeitschrift, die heute ihr Begräbnis feiert, war so überflüssig wie alle anderen. Ich will
aber damit nicht sagen, daß mir irgendwas einfällt, was
wichtig wäre. Bettina hat mich mitgenommen, denn ich
bin niemand, den man zu so einer Party einladen würde.
Bettina ist irgendwo, und ich steh so rum. Natürlich
spricht mich keiner an oder so was. Das liegt, glaub ich,
daran, daß ich den Dress-Code nicht draufhabe. Meine
Klamotten haben nicht das richtige Schild, und mein Parfüm ist gnadenlos out. Die Leute hier tragen alle Klamotten, die aussehen wie aus der Kleidersammlung. In Wahrheit waren die aber sauteuer. Ich ahne das. Und da stehen
sie dann so rum, mit ihren Trainingsjacken und ihren Zie-

genbärtchen und halten sich für lässig und tolerant. Dabei sind sie Spießer wie wir alle. Der Mensch sollte sich nie einreden, er wäre was anderes als ein Mensch. Bettina redet grad mit einer besonders ekelhaften Frau. Klein und pummlig ist die Frau und aus den besten Jahren raus. Die Frau guckt zu mir rüber, und ihr Gesicht verzieht sich. Ich kenne so Gesichter bei Frauen. Die machen sie, wenn eine andere Frau jünger, interessanter oder sonstwie bemerkenswerter ist als sie selbst. Du Mist, sagt so ein Gesicht. So guckt mich diese kleine Frau an, und aus irgendwelchen Gründen habe ich auf einmal Lust auf Ärger. Ich also rüber zu Bettina und der Frau. Stell mich direkt da hin und überrage die Frau um gut einen Kopf. Bettina merkt, daß da was abgeht zwischen uns, und stellt uns schnell vor. Den Namen der Frau vergeß ich direkt wieder. Sie war für die Literaturseiten in der toten Zeitschrift zuständig, und ich verstehe ihr Problem. Sie ist einfach eine alternde, einsame Frau, die nichts weiter hingekriegt hat in ihrem kleinen Leben, als in einer Zeitschrift für junge Menschen über Bücher zu schreiben. Das ist noch weniger als nichts machen. Das sind Gedanken zu anderer Leute Gedanken. Die Frau redet in einem bewußt forschen Tonfall. Sie hat wirklich extrem häßliche Fesseln. Ich schau die Fesseln an. Seh mich langsam zu Boden gehen. In die Fesseln beißen. Die Strumpfhose zerfetzen. Ihr Stücke davon in den Mund schieben, mit dem, was nicht in den Mund paßt, im Gesicht rumreiben. Die Schminke gut in die Haut einarbeiten. Ein paar Schritte zurückgehen, Anlauf nehmen. Mit einem Sprung mit meinen Schenkeln ihren Hals umspannen. Die Schenkel gut straffen, das Gesicht wird rot. Mit zwei Fingern lässig in die Nasenlöcher, die dann weiten. Beim Absteigen ihr teures Kleid zerlegen. Die Fetzen in ihren Gesäßfalten verstauen. Ein Lied anstimmen. Sie nackig

nehmen, blind wie sie ist, wegen der Strumpfhose und der
Schminke und sie zum Büfett ziehen. Drauf rumwälzen.
Kleine Gurken in ihre Ohren pressen. Hühnerkeulen unter
die Achseln. Die Arme dann runterdrücken wie Schwengel,
zermalmen Hühnerbeine. Dann weggehen. Grußlos. Unten
auf ihren PKW springen, Dellen rein. Tür eintreten. PKW
anzünden. Die Frau fragt: Ist was an meinem Bein. Und ich
sag: Verdammt häßlich. Einfach nur sehr häßlich, ihr Bein.
Und dann geh ich da weg. Durch die Nacht und warte, daß
ein Frieden über mich kommt. Der kommt nicht, und so
geh ich noch in so eine Gaststätte am Weg. Ich war da
noch nie drin, weil das so ein düsterer Schuppen ist, wo
lauter muffig riechende Männer sitzen, die eigentlich
Rock-Musiker sind. Irgendwelche grottenschlechte ACDC-
Musik schwappt aus dem Lokal, und ich gehe da rein, weil
der Abend kaum noch mieser werden kann.

BETTINA in der Bar

Die Party war so ermüdend wie alle Partys, wenn man keine Drogen nimmt oder sehr viel Alkohol trinkt. Und außerdem bin ich immer noch unglücklich verliebt. Und ich dann raus und laufe durch die Nacht. Am Hafen vorbei und ich wünsche mir wie immer, wenn ich da vorbeigehe, daß ein Schiff untergeht. Und ich das beobachten könnte. Vielleicht würde ich auch ein oder zwei Menschen retten. Einen Seemann zum Beispiel, der aussieht wie Jeff Goldblum. Und der macht dann die Augen auf und sieht mich und verwandelt sich in eine Moräne oder so was. Ich geh dann noch in eine Bar. Es ist eigentlich zu spät für Bars, denn die meisten Leute sind jetzt irgendwo bei Techno-Partys. Ich war da auch mal, aber das war mir dann wirklich zu blöd. Es ist zu klar, daß die Musik und das Dauergetanze nur die Wartezeit verkürzt. Ich habe Ablenkungen lieber ein bißchen subtiler. Ich sitz also in der Bar und schau zum Eingang. Ich sitze in allen Cafés, in allen Bars und warte, daß er zur Tür reinkommt. Ich warte und warte. Ich weiß nicht, ob es wirklich schlaue Menschen gibt, die so rumsitzen wie ich jetzt und total große Ideen haben. Über Zeitmaschinen oder so was. Ich meine, ob es Menschen gibt, die sich nicht die meiste Zeit ablenken müssen, um nicht vor Langeweile zu sterben. In meinem Kopf sind keine tollen Ideen. Ich bin auch nicht allzu schlau. Gerade mal so schlau, daß ich ziemlich viel erkenne. Aber eben nicht schlau genug, um mit den Erkenntnissen was anzufangen. Besser wäre, ein bißchen dümmer zu sein. Sich nichts zu fragen, worauf einem eh keine Antwort einfällt. Ich sehne mich so nach einem eigenen Menschen. Lieber Gott, schenk mir einen eigenen Menschen. Einen, der nur mir gehört. O. K., sagt der liebe Gott. Es fackelt ein bißchen, und ein alter Mann sitzt vor mir. Dem läuft Spucke aus dem Mund, und er guckt wie eine Kuh.

Mein eigener Mensch hat definitiv einen Dachschaden. Und gehört jetzt dir, sagt der liebe Gott. Oh, sorry, sage ich, nimm den weg. So war das nicht gemeint. Und da ist der Trottel verschwunden. Der liebe Gott zieht eine Augenbraue hoch und sagt: Jetzt kriegst du gar keinen mehr. Ich seh zum Fenster raus. Draußen läuft Pit vorbei. Er. Mein Musiker. Mein Liebster. Er produziert sich. Er will Eindruck machen. Eine Frau ist an seiner Seite. Die ignoriert ihn. Mein Mund geht auf. Die Frau ist Vera. Gott, du bist Scheiße.

KARL geht los

Ich gehe in Richtung Bahnhof. Ein Mädchen spricht mich an. Ich erschrecke. Das Mädchen ist zu dünn angezogen. Und jung ist sie. Sie fragt: Kommst du mit? Ich bin ein wenig überrascht, denn ich glaube nicht, dieses Mädchen zu kennen. Aber ich bin heute in einer verwegenen Stimmung, und deshalb laufe ich neben dem Mädchen her. Ich seh mich im Gehen in so einem Schaufenster an. Ich sehe gut aus, für mein Alter. Ein stattlicher Mann. Ich kenn mich ja nicht so aus, mit den Frauen heute. Sie sind ja sehr selbstbewußt. Und sagen, wenn ihnen ein Mann gefällt. Vielleicht habe ich so eine Ausstrahlung heute, weil ich ja auch andauernd an Frauen denke. Ich nicke dem Mädchen zu. Sie schmiegt sich an mich und schiebt ihren Arm um mich. Wir gehen eine Weile, das Mädchen redet unentwegt. Ich fühle mich gut. Alle sollen mich mit dem Mädchen sehen. Das hört man ja öfter, daß Mädchen das toll finden mit einem reiferen Mann. Wir gehen in ein Haus, das nicht so sauber ist, wie ich es gern mag. Und eine Treppe hoch. Ich versuche, daß sie mein Schnaufen nicht hört. Das Mädchen schließt eine Tür auf. Das Zimmer ist klein, und die Gardine hängt halb herabgerissen am Fenster. Ich setze mich auf das Bett und frage sie, ob wir eine Kleinigkeit trinken oder essen gehen wollen. Oder ob sie Lust auf Kino hat. Und sie schüttelt den Kopf und fragt mich, ob ich Geld habe. Ich weiß nicht, warum sie das fragt, ich meine, vielleicht will sie sehen, ob wir richtig gut essen können. Ich hole dann Geld und zeige es ihr, lege es weg, und sie zieht sich aus. Ich seh mich schon wieder, da hängt so ein kleiner Spiegel an der Wand. Ich seh aus, wie so ein bekannter französischer Schauspieler. Ich seh dann dem Mädchen zu. Ihre Unterwäsche ist ein wenig unrein. Aber ihr Körper ist hübsch. Sie steht nackt vor mir. Und sieht auf mich herab. »Na, mach schon«, sagt sie, und ich lockere meine Krawatte. Ich versuch ein bißchen mit ihr zu reden, was sie macht, beruflich und so, einfach, damit wir uns kennenlernen.

Aber ich glaube, sie hat im Moment wirklich nur Lust auf Sex. Sie hilft mir, mich auszuziehen. Und stößt mich aufs Bett. Ich liege nackt da. Und sie guckt auf meinen Ersatzarm. Sie nimmt meinen Schwanz in den Mund und müht sich, ihn zum Stehen zu bringen. Ich mache die Augen zu. Das schau ich mir nicht an. Und dann merk ich auf einmal, wie er fest wird. Das Mädchen setzt sich auf mich. Und ich mache die Augen wieder auf. Was für ein schönes Mädchen. Ich streichele sie mit dem gesunden Arm. Das Mädchen rutscht von mir runter. »Wie heißt du«, frage ich sie. Und sie sagt, Lilli. Ich will Lilli küssen, aber sie dreht sich weg. Und ich denke, daß wir jetzt noch schmusen und vielleicht was essen gehen und dann vielleicht zusammen einschlafen. Ich glaube auch, daß ich mich in Lilli verlieben könnte. Und ich denke mir, wie ich das wohl Ruth beibringe. Lilli zieht sich an. Warum zieht sie sich denn an? Lilli verlangt dann 150 Mark. Und als ich die enge Treppe runtergehe, komme ich mir so beschissen vor wie seit Jahren nicht mehr.

NORA wird angesprochen

Nora war in Barcelona angekommen. Ein Junge hatte sie
angesprochen. Nora hatte vor einer Kirche gelegen und in
die Sonne gesehen. Und da hatte er sie angesprochen. Der
Junge hieß Thomas, und nachdem sie so ein bißchen geredet hatten, nahm er Nora mit zu seiner Mutter. Thomas
war in Deutschland geboren, aber so genau interessierten
Nora die ganzen Zusammenhänge gar nicht. Die Mutter
war dick und wollte Nora was zu essen geben. Nora wollte
nichts essen. Von dieser Frau bestimmt nicht. Nora stieg
mit Thomas in den Keller. Da wohnte er. Er hatte die
Wände schwarz gestrichen und ein großes Kreuz war an
der Wand. Er redete ganz wichtig über Sado-Masochismus.
Und fragte, ob sie gepierct werden wollte. Nora war das
egal. Der Junge nahm eine Zange und schoß Nora einen
Ring durch die Braue und einen durch den Nabel. Nora
merkte das kaum. Sie lag auf dem Bett von Thomas, der
redete immer noch. Davon, daß Sado-Masochismus echt
eine Bereicherung wäre, und er sei Sadist. Und außerdem
wäre er Magier. Und dann erzählte er ihr, daß Magie echt
fehlinterpretiert würde, es sei nichts anderes, als Macht
über sich und andere zu gewinnen. Und Nora sah den Jungen an. Der war ganz hübsch, aber sein Gelaber ging ihr
auf die Nerven. Thomas hielt Noras Schweigen für Interesse und für einen weiteren Beweis seiner totalen Macht
über Menschen. Und Nora dachte, der Typ hat nen Knall,
aber hier ist es wärmer als draußen. Vielleicht kann ich ja

hier schlafen und so. Thomas fragte Nora, ob sie nicht auch Interesse an Magie hätte. Und daß er sofort gesehen hätte, daß sie eine Masochistin wäre. Das wären wirklich starke Frauen, weil sie sich in die ureigne Rolle der Frau schickten, und da würde Mut dazu gehören. Und Nora nickte und sagte ja und dachte, Mann, was ein Arschloch. Dann fragte Nora, ob sie ein bißchen bei ihm wohnen kön-ne. Nicht, weil sie nicht wisse, wohin, sondern weil sie so spannend fände, was er so alles weiß. Und Thomas sagte: Na klar.

VERA wacht auf

Die Sonne steht genau auf Veras Augen. Sie macht die auf. Das tut weh. Alles tut weh. Sie schaut sich um. Ein karges Zimmer mit Steinfußboden. Eine Matratze. Auf der liegt sie. Klamotten auf dem Boden. An sie gedrückt ein Mann. Mit langem Haar. Und weicher Haut. Sie sieht den an und streichelt über das Haar. Fast ist es, als ob sie ein Kind streichelt. Auch gestern hatte sie so gefühlt. Der Mann war noch keiner. Nicht wirklich, und er heißt Pit, und Vera erinnert sich daran, daß sie mit dem Jungen geschlafen hat. Er hatte gebrüllt und war wild gewesen. Aber als es fertig war, hatte er sich zwischen ihren Brüsten versteckt und geweint. Und Vera hatte ihn liebgehabt, wie vielleicht noch nie einen. Und dann fiel Vera noch ein, daß sie den Jungen in einer Kneipe kennengelernt hatte. Mehr wußte sie auch nicht. Pit wacht auch auf. Er drückt sich noch mehr an Vera und beginnt sie zu küssen. Nicht wie ein Mann. Pit hat einen schönen Körper. Ganz fest. Vera ist über dreißig. Sie sieht den Unterschied ihrer beider Häute. Vera streichelt Pit. So einen Menschen anfassen ist schön, denkt sich Vera, für einen Moment die Einsamkeit überlisten. Das ist, wie die Zeit anhalten und an nichts denken. Nicht an die Verantwortung, das Leben irgendwie sinnvoll hinzukriegen, nicht an die Angst, es doch nicht zu schaffen. Einen Menschen anzufassen ist das Schönste. Und Vera möchte nie mehr aufstehen. Immer nur anfassen und nicht nachdenken.

NORA geht in einen Sado-Maso-Shop

Was passiert, wenn man einen Menschen in diesen Käfig
sperrt. Ihn reinsperrt, mit einem Halsband. Dornen innen.
Oben eine Luke. Da könnte man Nahrung reintun. Täte man
aber nicht. Man täte nix da rein, außer dem Menschen. Und
den Käfig mit dem Menschen würde man neben den Fernseher stellen. 34 Programme. Mit automatischem Zapper. Alle
30 Sekunden. Höchste Lautstärke, versteht sich. Da hört man
die Schreie des Menschen nicht. Der steckt in seinem Käfig.
Erst wird er denken, es sei Spaß. Ist nicht. Ist Ernst. Das merkt
der Mensch, wenn der Durst kommt. Er wird irgendwann
pinkeln und das auftrinken. Und der Hunger. Dann wären da
offene Stellen an seinem Körper. Von den Stichen des Feuer-
hakens. Den man ab und an in den Käfig stecken würde. Um
den Menschen zu wenden. Da würden Fliegen ihre Eier able-
gen. Und Würmer würden schlüpfen. Nora sieht Thomas an.
Der sieht gerade eine Peitsche an. Prüft sie, wie ein Mann. Ist
aber keiner. Ist grad was über zwanzig. Nora denkt, wenn ich
ihn da reintäte. Wie lange wäre das lustig? Nora denkt, wie
das wäre, wenn seine Mutter käme. Und sie würden Plätz-
chen essen, neben dem Käfig, wo er liegt. Schon angegam-
melt. Da würden schon Knochen rausschauen. Und sie würden die Kekse essen. Weiße Kekse. Sie und seine Mutter. Und
sie würde aufstehen. Zum Kühlschrank gehen und ein wenig
von seinen Zehen holen. In Aspik hätte sie die getan. Die
Mutter würde von dem Zeh kosten und diesen Mund machen. Kackmund. Nora sieht sich um. Sieht Kleider aus Gum-

mi. Sieht eine Streckbank und Daumenschrauben. Nora denkt an Tiere. An Schweine. Die sich auf Streckbänke schnallen, aber mehr als Schweine auf einer Streckbank wären sie auch dann nicht. Sie sieht den Jungen an. Mit dem hat sie nix zu tun. Sie hat mit niemandem was zu tun. Nora ist außen voller schneller Bilder. Voll Musik. Und innen ist sie aus Eis. Der Junge hat ein paar Sachen gekauft, und sie geht stumm neben ihm her. Sie ist nicht neugierig. Auf nichts. Sie kennt ja schon alles. Hat schon alles gesehen. Die ganze Welt. Und Nora gähnt. Sie gehen eine Straße lang, in der Neonreklame versuchte die Seele in kleine Stücke zu hacken. Aber die sind auf einem Ausflug am Gardasee. Alte Frauen stehen da und versuchen Sex zu verkaufen. Annie Sprinkle läßt Männer ihre Gebärmutter anschauen. Jeder ist schwul. Oder lesbisch. Oder kann nur mit Streckbänken ficken. Alle reden, um sich einzureden, was zu fühlen. Keiner fühlt was. Dazu ist alles zu schnell geworden. Zu Hause zieht sie sich ein Gummimieder an. Der Junge hat Boxershorts an und eine Maske auf. Er fesselt Nora mit Handschellen ans Bett. Nora denkt nichts. Der Junge schlägt sie ein bißchen, und Nora stellt sich vor, das Monster aus »Freitag der 13.« wär das. Oder noch lieber Michael Meyers. Aus Halloween.

Ihre Augen verbunden, und sie stellt sich vor, der Junge, das Monster, könnte jetzt einfach eine Kettensäge holen und ihr erst mal die Hände abtrennen. Dann die Füße. Mit der Flex, die Kniescheibe. Darunter wären Drähte. Die Beine. Die Arme. Das Blut würde auf das Bett schießen und das Fichtenholz ein bißchen bunter machen. Dann der Kopf. Und es tät gar nicht weh. Hinterher würde er aufwischen. Nora muß kichern. Sieht wie der Junge am Boden »Mom for ever« mit dem Blut schreibt. Danach liegen beide im Bett. Das Fichtenholz ist hell. Beide lesen Comics, und MTV läuft. Sie reden nicht. Da gibt es auch nichts zu reden.

RUTH redet mit KARL

»Karl, was ist eigentlich los mit dir?« fragt Ruth. Und Karl
sieht zum Fenster raus. Natürlich sagt er nichts. Und Karl,
Karl der gestern mit einer Nutte geschlafen hatte, ohne es zu
merken, Karl, der sich alt vorkam wie noch nie vorher und un-
verstanden, Karl dachte: Leck mich doch am Arsch. Und Ruth
redet weiter. »Ich dachte, wir lieben uns. Und dann frag ich
mich und dich, warum bist du so wenig zärtlich, warum zuckst
du zurück, wenn ich dich berühre.« Und Karl, der Ruth schon
irgendwie sehr gern hat, aber sie einfach nicht begehrt, blickt
zum Fenster raus. Wenn ein Mann von Liebe spricht, dann
meint er begehren, dann meint er Geschlechtsverkehr und
Orgasmus. Wenn eine Frau von Liebe spricht, dann meint sie
Seele und Verschmelzen, dann meint sie alt werden und reden
und anfassen ohne Ende und Symbiose. Die meisten Männer
und Frauen sterben enttäuscht, weil sie bis zum Ende daran
festhalten, daß ihre Art der Liebe die einzig wahre ist, und das
kann nur zur Katastrophe führen. »Nun sag schon was«, sagt
Ruth, und Karl räuspert sich. Er sagt aber nichts. Was soll er
auch sagen. Er hat sie doch irgendwie echt gern. Nur ist er
nicht verliebt in Ruth. Wieso, das kann er auch nicht sagen.
Karl sagt also nichts. Und weil das Schweigen zu lange geht,
sagt er dann doch etwas: Weißt du, ich hab dich total gerne
aber ich weiß nicht, ob ich es Liebe nennen würde. Ruth steht
da und vereist von unten nach oben. Macht das Eis ihren Körper steif. Und bevor der Mund zufriert fragt sie: »Bin ich dir
zu alt?« Fragt sie. Und Karl sieht sie endlich an. Und nickt.

BETTINA denkt

Ich habe mir eine Weihnachtsmannmaske aufgesetzt. Den letzten Baum, den es noch gab, am 24. morgens, habe ich geschmückt, und Geschenke habe ich für sie geklaut. Der Baum war schief. Als ich sie ins Zimmer rief. Hat sie den Baum umgetreten. Sie torkelte. Ich sah den Baum am Boden liegen. Ich saß daneben, mit der viel zu großen, dämlichen Maske. Die Geschenke warf ich weg.

Ich war 12, und alles fing erst an. Denk an deine Mutter. Was fällt dir ein? Ich hasse sie! Warum weinst du dann?

Meine Mutter ist tot. Erst vergast. Dann zerfetzt. Durch einen, der heimkam und Licht wollte. Aber das war erst später. Ich war 12. Bevor ich mich entschloß, nie mehr was zu fühlen. Habe ich sie geliebt.

Wenn sie trank, dann meinte sie nicht mich. Ich zitterte, wenn sie vor meiner Tür stand. Sich dagegenwarf. Mit ihrem Körper. Mit einer Axt. Und ich saß drinnen und zitterte. Vor Angst. Vor Haß. Vor Liebe. Am Anfang passierte es manchmal. Einmal in der Woche. Zweimal. Dreimal. Dann fast jeden Tag. Wenn sie nüchtern war ... Ich wollte ihr sagen, daß ich sie brauche. Wenn ich versuchte, sie zu berühren, wenn sie nüchtern war, dann merkte ich, daß sie weglaufen wollte. Sich schämte. Ich habe sie nicht mehr angefaßt, irgendwann. Ich war 12. Ich dachte, der Alkohol wäre schuld. Ich goß ihn ins Klo. Aber nichts wurde anders. Warum trinkst du, fragte ich sie. Laß es doch einfach.

Ich kann nicht, sagte sie. Mein Vater schämte sich. Es war eine Kleinstadt. Und sie waren geschieden. Meine Mutter soff, und wenn ich meinen Vater auf der Straße traf, tat er, als sähe er im Himmel etwas Großes. Es war eine Kleinstadt, und meine Mutter war eine Säuferin. Ihre Strümpfe hatten Löcher, und sie trieb es mit jedem. Wenn ich mit ihr durch die Straßen ging, schwankte sie. Die Leute taten, als sähen sie weg. Ich ging mit ihr durch die Straßen und ich war sie. Alle sahen mich. Ich war 13 und lag im Bett. Ich nahm ein Messer und schnitt mir die Haut auf. Schnitt mir die Liebe zu ihr heraus. Ans Herz kam ich nicht. Ich wollte nie mehr lieben. Nie mehr. Die Liebe war herausgeschnitten. Kam nichts nach. Abends brachte sie Männer mit. Betrunken wie sie. Häßliche Männer. Laute Männer. Ich hörte sie nebenan. Und hielt mir die Ohren zu. Einer schlug sie. Dem stieß ich ein Messer in den Rücken. Er blutete.

Ich war 14 und fuhr mit ihr in Urlaub. Sie wollte nicht mehr trinken. Wir waren irgendwo im Wald. Es war Winter. Ich sah überall Lichter in den Häusern. Wir saßen nebeneinander auf einer Bank. Ich war ganz kalt. Als sie weinte. Ich fühlte nichts, als ich ihre Tränen sah. Es hatte geschneit. Und als sie am Abend trank, sah ich sie an wie ein Insekt.

Wenn sie im Zimmer war, nahm ich Tabletten. Die Tabletten waren gut. Wenn ich viele davon aß, fühlte ich noch weniger als sonst. Alles war im Nebel. Ich nahm viele von den Tabletten. Ich spürte nichts.

Ich war 15. Ein Mann hatte mich vergewaltigt. Ich ging in mein Zimmer und zerschlug einen Glasballon. Aus dickem, grünem Glas. Die Scherben schnitten durch mein Fleisch, bis auf die Knochen. Es tat nicht weh. Auch das tat nicht weh. Da wußte ich, daß ich tot war. Morgen war ein Schorf über den Schnitten. An Armen, Beinen, am Bauch.

Ich war 16, und ich begann zu trinken. Saß neben meiner Mutter. Trank. Und auf einmal war eine Nähe zwischen uns. Ich will sterben, sagte sie. Stirb doch, sagte ich.

Manchmal, wenn ich aus der Schule kam, ging die Tür nicht auf. Dann lag meine Mutter davor. War umgefallen. Ich stieg durchs Fenster ein und zerrte sie aufs Bett. Meine Mutter war schwer. Wir haben nichts anderes zu tun, als zu vergessen. Und wenn wir vergessen haben, ist unser Leben um.

HELGE fährt weg

Ich war mal in Venedig gewesen. Ich weiß, keiner der da nicht auch war. Keiner der nicht erzählt, daß er nur im Winter dahin fährt. Wenn die Touristen nicht da sind. Alle erzählen das. Und machen individuelle Gesichter dabei. Ich war auch in Venedig. Im Sommer. Mit meiner ersten Freundin. Wir verstanden uns, wie Mann und Frau immer – nicht. Hockten schweigend in einer Pension. Da ging eine ganz enge, steile Treppe hoch, und das Zimmer war alt, feucht und hatte ein Fenster zum Hof. Mir hat es da gut gefallen, in der Pension, und ich dachte mir, wenn ich mal sterben will, komme ich wieder hierher. Ich könnte jetzt nicht sagen, ich fahr dahin, um zu sterben. Das würde eine Klarheit voraussetzen, die ich nicht habe. Zuviel Anstrengung. Weiß ich gar nicht, wie ich es in den Zug geschafft habe. Ein Überdruß füllt mich aus, der jede Bewegung verhindern möchte.

Gestern war es wenigstens Ekel. Als ich beim Klavierspielen saß. Die Gesichter der Menschen in der Bar. Rot vom Alkohol, feist vom Selbstgefallen. Kotzen wollen. Bin ich aufgestanden, um nicht das Klavier zu beschmutzen, das ja nichts dafür kann. Und habe gekotzt. Einige Liter Mageninhalt. Cocktails und Schirmchen. Alle Gefühle weggekotzt. Nichts mehr fühlen. Zu leer zum Denken. Zum Laufen. Zum Gucken. Draußen sind Berge. Geballte Langeweile. Wiesen. Die Schweiz. Ich zu müde, selbst um das Heidi zu würgen, den Abhang runterzustoßen, ihrem roten Röck-

chen nachzuschaun. Daß sterben nicht so einfach geht. Den
Herzschlag einstellen, wenn die Zeit gekommen ist. Zu
müde zum Sterben. Unmöglich, jetzt die Tür vom Zug auf-
zumachen. Mich rausgeben. Unmöglich. Muß ich abwarten.
Mich sammeln. Mich töten. In Venedig in dieser Pension.
Aber will eines sterben, wenn es noch einen Gefallen an der
Erfüllung von Bildern hat?

NORA immer noch bei THOMAS

Nora hatte morgens ferngesehen. Erst kam was über Aids. Auf spanisch. Dann kam was über Jeffrey Dahmer. Nora hatte gelacht. Über die Köpfe, die er im Kühlschrank hatte. Sie war zum Kühlschrank gegangen. Da war nur Milch drin. Am Abend vorher war Nora mit Thomas im Kino gewesen. Filme waren echt zu lang. Jetzt lag der Junge vor ihr. Verschnürt. Preßsack. Nora steckte ihm Petersilie ins Ohr. Der Fernseher lief stumm. Nora schlug mit der Peitsche auf den Hintern des Jungen herum. In der Hand hatte sie eine überreife Avocado. Die Masse quoll durch die Finger wie Hirn. Den Kern in die Nase einführen. Hochstoßen, einbetten in weiche Masse. Die Zigarette in der Nase. Brennende Haare riechen nach toten Socken.

Vielleicht sollte sie ein wenig operieren. (Die Bohrmaschine. Größter Bohrer ins Bohrfutter. Niedrigste Umdrehungszahl.)

In einer Hand eine Tropfkerze. Das Wachs auf seiner Haut. Der Junge zuckte. Sagen konnte er nichts. Da war der Socken davor. Im Fernsehen lief Nirvana. Nora stellte sich vor, Kurt Cobain läge hier. Sie würde mit ihm reden. Ihn würde sie nicht verschnüren wollen. Der Junge war nur ein Junge. Nora sah vom Fernseher weg. In einer Ecke lag ein altes Schaf. Von ihr. Von früher. Nora weinte. Und auf einmal machte es ihr Spaß, den Jungen zu schlagen. Sie kniff ihn. Und schlug ihn mit der Peitsche, die Kerze in seinen Hintern. Sie riß an seinen Haaren.

Nora lächelte. Nora war jetzt schon eine Woche in Barcelona. Aber sie gingen kaum raus. Sie waren fast immer in diesem Keller.

Das Piercing tat gar nicht mehr weh. An der Augenbraue war jetzt ein Ring zum Drandrehen. Am Bauchnabel auch. Einige machten sich jetzt Narben. Das war auch O. K. Nora hatte gerade Stephen King gelesen. Durch den Gang eines Flugzeuges lief ein Mann seinem Darm hinterher. Der quoll aus dem Bauch, und er wollte das Ding da wieder reinstopfen. Nora sah ihren Bauch an. Sie ging ins Bad und versuchte mit einer Rasierklinge einen Schnitt. Das tat weh. Sie setzte die Rasierklinge von unten an die Zunge. Wollte sie mitteln. Nora sah sich im Spiegel an. Nora nahm eine Ecstasy und legte sich aufs Bett, um das Schlingern zu merken. Das Schlingern begann. Und Nora hatte immer noch diese Rasierklinge. Sie schnitt sich in den Arm und sah zu wie das Blut rauskam. Jetzt tat es nicht mehr weh. Das Blut war der Faden an dem Nora hing. Sie sah die einzelnen Blutkörper. Nora hörte die Blutzellen wimmern und wurde ganz traurig. Die armen kleinen Dinger. Eine Blutzelle hatte sich als Marienkäfer verkleidet. Nora dachte an Weihnachten. Als sie mit ihren Eltern in einem kleinen Dorf gewesen war. Alles voll Schnee. Und wie sie geweint hatte, als sie einen Schlitten bekam und doch lieber ein Snowboard wollte. Nora hatte auf einmal Sehnsucht. Nach Weihnachten. Nach ihrer Mutter. Nach einem Snowboard. Und nach kleinen Häusern, wo Rauch rauskommt. Nora sah den Jungen neben sich an. Und langsam legte sie ihre Hand auf seinen Arm. Das Blut lief da drauf.

TOM fährt nach Barcelona

Ich nach Barcelona. Und direkt hasse ich das da. Alle hier
sehn aus, als wollten sie einen beklauen. Oder bescheißen.
Oder umbringen. Oder alles zusammen. Vielleicht bin ich
krank oder so was. Die Sonne ist zu hell und tut weh, und
ich laufe durch die Stadt und frage mich warum. Ich habe
keine Lust mehr. Zu reisen. Die erste Pension nehme ich.
Dunkel und es stinkt. Auf jeder Etage ein Herd und da
drum stehen Araber oder so ein Zeug und kochen lautrie-
chende Geschichten. Klo auf dem Flur. Mein Zimmer stik-
kig, heiß. Das Bett durchgelegen. Wolldecke. Ich leg mich
auf das Bett, und das fährt sofort los. Ich schaff es gerade
noch aufs Klo. So ein Loch im Fußboden ist das. Voll Kot.
Ich habe Durchfall. Einiges geht daneben. Kein Papier da.
Ich such in dem Eimer, der da steht, nach einem Fetzen.
Zieh meine Hand raus, voll Kot. Ungeschickte Bewegung.
Ich rutsch aus, fall in den Kot, der um das Loch verteilt ist.
Die Wände haben Spuren, von Kot. Ich atme Kot. Schleppe
mich in mein heißes Zimmer. Das Bett hält nicht an. Ich
muß brechen. Schaffe es nur bis zu dem Waschbecken.
Fließt nicht ab, das Gebrochene, geht nicht ins Rohr. Das
Zimmer stinkt. Ich lege mich auf den Fußboden. Schüttel-
frost. Ich hasse Barcelona. Als ich aufwache, ersticke ich
fast. Vielleicht wache ich deshalb auf. Mein Körper haßt
die kratzige Wolldecke. Ich liege da und seh mir meinen
Fuß an. Winke mir mit dem kleinen Zeh zu. Und werde
auf einmal traurig. Der Fuß ist so sinnlos, wenn niemand

ihn streichelt. Die kleinen Zehen sehnen sich danach, in den Mund genommen zu werden. Nichts trauriger als ein Fuß, der von niemandem geliebt wird. Schweiß auf meiner Haut. Der Fuß liegt traurig weit weg von mir und will sich töten. Ich fasse meinen Schwanz an. Tröstet auch nicht. Muß ich wieder aufs Klo. Und wieder aufs Bett. Das Licht geht weg. Der Lärm nicht. Der nimmt noch zu. Oder man hört ihn besser, wenn das Licht weg ist.

VERA und PIT sagen nix

Als hätten sie beide Angst, daß die Situation sich grundlegend ändert, daß sie kippt, peinlich wird, falsch wird, wenn sie sprächen, sprechen sie nicht. Die Ruhe stimmt auch nicht. Aber reden macht Wirklichkeit. Wirklichkeit ist für jeden was anderes. Die beiden Menschen nebeneinander, die schweigen, und die Augen zumachen, um nicht sehen zu müssen, was für sie Wirklichkeit ist. Die Wirklichkeit für Vera ist, daß sie so viel älter ist als der Junge neben ihr. Daß sie verheiratet ist und ein Kind hat, das keins mehr ist, und daß sie in einem häßlichen Haus lebt, in das sie gleich wieder gehen muß, in ein häßliches Leben gehen muß. Und die Wirklichkeit für den Jungen ist, daß er einen Schwindel lebt, wenn er die Augen aufmacht. Dann sieht er ein kleines, dreckiges Zimmer und eine Karriere, die keine ist. Weil der Junge weiß, daß er kein Talent hat und ihm die Prozente Ehrgeiz fehlen, die Talentlosen dennoch Erfolg bringen. Und daß er gleich 30 ist und nicht weiß, was er werden will, außer Rockstar. Die Wahrheit ist, wenn er die Augen aufmacht, daß da eine Frau liegt, neben ihm, die anders ist als die Frauen, die da sonst immer liegen. Er ist nicht verliebt in die Frau. Aber ein Gefühl hat er für sie, wie ein Mensch der auf einem Meer treibt ein Gefühl für einen Baumstamm hat, der da auch schwimmt. Und wenn er die Augen aufmacht, ist die Wirklichkeit da, denkt der Junge, und die Frau wird weggehen, und es wird alles wieder so, wie gestern. Und die Frau denkt, wenn ich die Augen aufmache, dann ist alles wie immer, und sie fühlt den Jungen neben sich, in den sie nicht verliebt ist, aber für den sie ein Gefühl hat wie einer der lange durch eine Wüste gelaufen ist und dann auf einmal da eine Hundeblume sieht.

TOM liegt im Bett

Die Tage ineinander, eine Masse Klumpen aus Kot, Klo, fettigem Essen, das so Marokkaner bringen, Hitze, Geruch, Einsamkeit. Und Angst zu sterben, hier, wo Tom doch gerade anfing, eine Idee vom Leben zu bekommen. Aber es sieht wohl so aus. Daß Tom immer schwächer wird, dem Besitzer der Pension ist das egal und den Marokkanern eigentlich auch. Die halten Tom für einen Junkie, und wenn er stirbt, werden sie sein Gepäck teilen. Wenn Tom aufsteht, zittern seine Knie, ihm wird schlecht, und er muß brechen. Wenn er liegt, zittert das ganze Bett, und er muß brechen. Einmal denkt er an einen Arzt, aber wie soll der herkommen, der Arzt, und das Geld ist fast alle, wird er wohl sterben müssen, der Tom, in dieser Stadt, die er haßt. Als der Hotelier kein Geld bekommt, für die neue Woche, geht er in das Zimmer von Tom. Das Zimmer, wo Tom liegt, im eigenen Saft, und im Gestank liegt er da ganz verkrümmt und abgemagert.

VERA sagt was

Irgendwann ging das dann echt nicht mehr. So daliegen und die Augen zu. Die Mittagssonne war gekommen und hatte die beiden schwitzen gemacht. Mußte also was passieren. War gar nicht mehr lässig sonst. Einfach aufstehen und fröhlich drauflosreden von Frühstück und so, dachte Vera, geht nicht. Ist schon zu lange still. Und einfach noch mal ficken, dachte Pit, geht nicht. Zu lange halten wir schon nur unsere Hände. Was sagen, was sagen, denkt Vera, das dem Ganzen ein Ende macht, und ich mich anziehen kann und gehen, ohne daß etwas kaputt geht dadurch. Und wie Vera an weggehen denkt macht es Stiche, und sie merkt, daß sie nicht weggehen will. Aber so liegenbleiben ist ja auch keine Antwort. Und Pit denkt, hoffentlich geht sie nicht, und er denkt, daß sie gehen könnte, und es tut weh. Und dann denken beide, ob sie vielleicht verliebt sind. Weil sie das aber schon so lange nicht mehr waren, ist da eine angebrachte Unsicherheit. Und dann ist es irgendwie über dem Punkt, und Vera ist mutig. Nimmt das Gefühl, das noch ganz dünn ist aus dem Bauch heraus, wickelt Worte darum, um es anzufassen, hebt es mit den Worten aus dem Bauch raus. Ans Licht. Aber eben, das Gefühl ist noch so dünn und hat Angst vor dem Tag, und die Worte bilden Lücken. Durch die rutscht das Gefühl, fällt auf den Boden. Und nur die Worte sind übrig, leer und stehen im Raum. Sagen nichts. Machen nur unangenehm, weil sie so leer sind. Nicht genügen. Können. Pit hört nur die Worte, sieht das Gefühl nicht, denn als er die Augen wieder aufmacht, ist das im Zimmer gestorben, wegen des Drecks vielleicht, der am Fußboden liegt, erstickt. Hört nur die leeren Worte und denkt: Wie leer, wie hohl. Und steht auf. Zieht sich an. Die Frau steht dann auch auf. Beide geben sich einen Kuß auf die Wange. Ein Nichts von einem Kuß. Und die Sonne macht das Zimmer häßlich, der Kuß macht die Nacht ungeschehen, und Pit hört, wie Vera die Treppe runtergeht, die Tür zuschlägt, und geht ins Zimmer zurück.

NORA und TOM sitzen rum

Diese Aufenthaltsräume in Krankenhäusern sind wohl auf der ganzen Welt gleich. Außer vielleicht in Bangladesch, wo dann mehr Kakerlaken wären. Aber sonst sind sie wahrscheinlich immer gelb. Ein paar alte Zeitschriften, also so was wie das Goldene Blatt, liegen auf einem Tisch, der aussieht wie vom Sperrmüll. Und um den Tisch sind Stühle, die auch von da zu kommen scheinen. Manchmal steht ein Fernseher in solchen Räumen, und aus irgendeinem Grund ist die Gardine immer ein paar Zentimeter weit abgerissen und so Stöcke dran zum Ziehen, damit keines die gelben Gardinen schmutzig macht. In diesen gelben Zimmern sitzen immer gelbe Leute, die oft Krebs haben und immer noch rauchen müssen. Die Menschen in Krankenhäusern sind zum größten Teil häßlich. Gar nicht, weil sie krank sind, sondern weil ein repräsentativer Bevölkerungsprozentsatz in Krankenhäusern liegt und diese Prozente eben häßlich sind. Außer vielleicht die Nuba in Afrika, aber keine Ahnung, ob die Krankenhäuser haben. In einer Ecke des gelben Zimmers sitzt Nora. Sie wurde eingeliefert, weil sie sich die Pulsadern aufgeschnitten hatte. Weil Nora überdies noch böses Untergewicht hatte und vermutlich einen Dachschaden, behielten die Ärzte sie gerne im Krankenhaus. In einer weiteren Ecke des Zimmers sitzt Tom. Er wurde mit einem schlimmen Fall von Diphtherie eingeliefert. Ziemlich ausgetrocknet und eigentlich hätte er nach Ansicht der Ärzte schon tot sein müssen. War er indes nicht. Er sitzt nämlich im Raucherzimmer und sieht sich Nora an. Und macht sich Gedanken über deren Krankheit. Wahrscheinlich Krebs, und weil er aber denkt, daß einem bei Krebs immer die Haare verlorengehen und Nora die noch hat, entscheidet er sich für Aids. So dünn wie das Mädchen ist. Wahrscheinlich Drogen. Denkt Tom und ist froh, daß es ihm schon wieder ganz gutgeht. Und Nora guckt Tom an und denkt nur, daß der für einen Krankenhauspatienten total gut aussieht. Lange Haare bei Männern findet Nora sowieso gut. Schade, denkt sie, daß ich nicht spanisch kann. Dann guckt Nora auf den Flur, weil da gerade eine Trage langgerollt wird. Ein zugedeckter Mensch drauf. Der kommt in den Leichenkeller, der Mensch. Und Nora erinnert sich, wie sie als Kind mal auf der Kinderstation gelegen hatte und die anderen immer Gruselgeschichten vom Leichenkeller erzählten. Leichen sind schlimm, denkt Nora. Und in dem Moment sagt Tom: Leichen sind irgendwie schlimm. Und Nora wundert sich gar nicht weiter, daß Tom deutsch geredet hat. An diesem Abend ißt sie zum erstenmal ein bißchen was von dem Krankenhausessen, ohne es wieder auszubrechen. Sie klaut auch keine Schlaftabletten, um die ganze Zeit zu schlafen und nichts essen zu müssen, sie denkt auch nicht mehr, daß es toll ist im Krankenhaus zu sein, weil sie da schlafen kann, ohne was zu essen, und daß sie total gut abnehmen kann im Krankenhaus. Sie denkt an Tom, an diesem Abend, während ihr Magen sich über die Nahrung wundert. Und Nora ist zum erstenmal in ihrem Leben verliebt, und darum weiß sie gar nicht, wie die Aufregung heißt, in ihrem Magen.

Da kommt Erde auf **KARL** drauf

Der Raum war geschmückt, wie junge Leute einen Keller zum Partyraum zu gestalten versuchen würden. Häßliche Rohre abgedeckt mit alten Brokatstoffen. Eine Fahne auf gesprungene Bodenfliesen und Kerzen an, damit das Ganze erträglich würde. Rosen standen da auch, aber dem Raum war nicht mehr zu helfen. Kalt war es, und der Geruch gab jedem den Rest. Viele waren nicht gekommen. Der Heimleiter, ein paar Schwestern, drei alte Frauen und Ruth. Standen um den offenen Sarg und in dem lag er. Sieht aus wie eine Wachsfigur, dachte Ruth und sah in den Sarg. Und dann dachte sie noch, bald liege ich auch so da und der Gedanke war auf der einen Seite ganz gut, denn was Ruth sah, hatte nichts Erschreckendes an sich. Es war nur noch ein Körper und obwohl Ruth an nichts glaubte, schien es ihr auf einmal ganz selbstverständlich, daß es eine Seele gab, und die schon geraume Zeit diesen Körper verlassen hatte. Auf der anderen Seite war Ruth unangenehm berührt, denn was sie da liegen sah, war endgültig, war wahr. Es gibt ihn also, den Tod. Es gibt wirklich ein Ende. Das ist nicht nur eine Lüge, die uns Ärzte und Bestattungsunternehmen erzählen. Das Leben ist endlich, begriff Ruth. Und sie wußte nicht genau, was sie mit diesem Begreifen anfangen sollte. Es kamen dann später zwei häßliche Männer in schlechtsitzenden Anzügen. Sie schoben den Sarg hinter eine Wand. Der Sarg stand auf Rollen, und das fand Ruth irgendwie komisch. Das war so, wie sie sich als Kind immer gewünscht hatte, ein Bett mit Rädern zu haben, das über Straßen fuhr, während sie unter der Decke lag und Gummitiere aß. Der Sarg wurde dann einen kleinen Weg langgetragen. Es war so still, daß alle spürten, wie peinlich es der einen alten Frau sein mußte, die immer eine Nase voll Rotz hochzog. Wo sollte sie auch hin damit. Der Sarg wurde dann in eine Grube gesenkt und selbst das Schaben des Holzes, das Bröseln der Erde, das Schnaufen der Träger waren peinlich. Profan. Nach irgendeiner Sitte warfen die wenigen Trauergäste dann ein bißchen Erde auf den Sarg. Ruth war als letzte dran. Sie öffnete ihre große Umhängetasche und nahm die Armprothese heraus. Warf sie in die Grube. Auf den Sarg von Karl. Karl, der einen Unfall hatte in Ruths Zimmer. Einen, den sich keiner erklären konnte. Nur Karl könnte vielleicht erzählen, daß er einen Stoß bekommen hat und ihm wer in die Kniekehlen trat, daß er mit dem Kopf auf den Heizkörper aufschlug, den Schmerz gar nicht spürte. Spürte, wie sein Kopf an den Haaren wieder hochgerissen wurde, mit viel Kraft wieder aufgeschlagen, das Ohr, die eine Seite des Kopfes in den Zwischenraum der Heizrippen gequält. Wieder hochgerissen, an den Haaren. Daß Karl den Schmerz kommen fühlte. Der Schädel aufplatzte, beim neuerlichen Aufprall. Daß er schreien wollte, der Karl, aber das ging nicht, ging zu schnell, der Schrei kam da nicht nach. Daß dann Knochen ins Gehirn getrieben wurden, von dem Heizkörper, der Hand, die seinen Kopf darauf lenkte. Daß er Angst bekam, der Karl, nicht sterben wollte und merkte, daß es keine Flucht gab, sein Blut in seinen Mund floß. Aus dem Auge kam, das sah, das Auge, wie ein wenig Gehirn den Heizkörper entlanglief, Eigelb, will nicht sterben, dachte er kaum noch. Und das hätte Karl erzählen können. Konnte er aber nicht mehr. War ja tot, der Karl. Mit dessen Leiche Ruth dann über zwanzig Stunden in ihrem Zimmer gewesen war. Karl, der nicht mit Ruth schlafen wollte. Karl, dessen Bauch hing und der einen künstlichen Arm hatte. Karl, dem Ruth zu alt war. Und der ihre letzte Liebe gewesen war. Karl, der Ruth nicht geliebt hatte.

HELGE ist immer noch nicht tot

Am Tag läuft Helge durch die Stadt. Um sich müde zu machen. Um abends müde zu sein. So müde, daß er es endlich
schafft, sich umzubringen. Läuft er durch die Stadt. Über
Brücken. Am Wasser längs und denkt sich, Europa ist irgendwie zu langsam, echt zu alt. Überall auf der Welt sieht
es allmählich gleich aus. Da sind Hochhäuser und Autos.
Menschen mit Handys und alle haben eins gemein: sie
wollen den Kapitalismus. Aber besser. Und schneller und
eigentlich noch mehr als den Kapitalismus. Die Häuser sollen noch höher werden und das Geld noch mehr und egal,
ob eines nach Hongkong fährt, nach Indien, Amerika, Ko-
rea, überall sieht es gleich aus. Nur in Europa noch nicht
so richtig. Die haben es verschlafen. Werden untergehen in
ihrem Brackwasser. Kein Mensch, der den Kapitalismus
will und noch mehr als das, kann es sich erlauben, Siesta
zu machen und andauernd Spaghettis zu essen. Kann es
sich nicht erlauben, stundenlang in Cafés rumzuhängen
und zu reden. Helge läuft durch die Stadt und fühlt nichts.
Seine Augen sehen nichts, seine Nase riecht nichts und
sein Bauch hat keinen Hunger. Er läuft herum und
schleppt sein versautes Leben hinter sich her. Abends sitzt
Helge in seinem kleinen Pensionszimmer. Das zum Hof
hinausgeht und wirklich häßlich ist und überlegt, wie er
sich umbringen könnte. Er fände es ziemlich gut, wenn die
Decke auf ihn herunterstürzen würde, aber mit dem Kopf
gegen die Decke zu springen ist eindeutig zuviel im Mo-

ment. Helge wünschte, er hätte ein ordentliches Problem. Eine Krankheit, einen Ruin, einen Menschen der ihn betrogen hat. Und nicht so eine Problemsoße, wie er hat. Sein Vater hat das, woran Helge sterben will, immer hausgemachte oder selbstgemachte Probleme genannt. Und die haben eigentlich nur Weiber. Und die sind nicht ernst zu nehmen. So hat Helge das auch immer gesehn. Und nie hat er über sich nachgedacht oder was er eigentlich will und nicht will, und jetzt sitzt er hier und will sterben und ist selbst dafür zu blöd. In sich hat er ein Gewirr von ganz vielen Problemknäueln und findet von keinem Anfang und Ende. Immer ganz kurz hat er so ein Ende: Ich mag mich nicht, ich kann nichts, wo ist der Sinn, ich liebe nicht, und dann sind die Enden auch schon wieder weg, ehe er sie richtig zu greifen bekommt. Der Helge. Schön blöd. Sitzt er jetzt in Italien rum und ist zu doof zum Sterben. Helge beschließt, sich heute wieder nicht umzubringen, sondern unten in der Bar noch was zu trinken. Und wie er so die Treppen runtergeht, denkt sich Helge, ob man sich eigentlich auch tottrinken kann. Und wenn ja, wie lange das wohl braucht.

RUTH ißt was

Morgen. Es ist sieben Uhr und du wachst auf. Es ist wie
immer. Wie immer, jeden Morgen. Du ahnst die kommenden Morgen. Um sieben. Aufwachen. Die Augen ver-
schliert, der Kopf schwer von einem Schlaf, der gar nicht
nötig wäre, sich von nichts erholen muß. Wie immer. Das
Aufwachen macht dich so müde, da glaubst du nicht mehr
atmen zu können vor Müdigkeit, vor Langeweile kaum
noch laufen zu können. Ins Badezimmer. Wo du ein Gesicht wäschst. Warum. Ziehst du dir Sachen an, setzt dich
auf den Sessel und wartest. Irgend etwas ist anders heute.
Wartest auf das Frühstück, auf das Mittagessen, auf das
Abendessen. Was ist anders heute? Und dann guckst du in
den Garten und weißt auf einmal, was anders ist. Du hoffst
nicht mehr, daß etwas passiert. Du weißt. Es wird Frühstück geben. Mittag- und Abendessen. Und das war schon
alles, was passiert. Und du hast keine Lust. Eben noch
nicht mal mehr auf das Essen. Du verstehst, daß es eine
Lüge ist, aufs Essen zu warten, um dir einzureden, es pas-
siere etwas. Dich aufzuregen über kaltes Fleisch und pam-
pige Kartoffeln genügt auf einmal nicht mehr. Und was
anderes wird nicht mehr passieren. Das wird dir ganz klar,
während du in deinem Sessel sitzt. Dann stehst du auf.
Siehst noch mal nach draußen. Und als du spürst, daß es
auch da draußen nix, aber auch gar nix mehr gibt, was dich
interessiert, gehst du ins Bad. Du schaust dir nochmal dein
Gesicht an. Wem das gehört, ist egal. Und dann nimmst du

eine Dose aus dem Schrank und ißt alle Tabletten auf, die in der Dose sind. Das ist dir ganz egal, was das heißen kann. Du schluckst alle. Trinkst Wasser nach. Selbst der Geschmack des Wassers langweilt dich. Und setzt dich wieder in den Sessel. Und wartest. Und endlich weißt du, worauf. Und als es dann kommt, und es kommt ganz langsam, ist wie müde werden. Und steigert sich schnell in etwas, das wie Blei deinen Körper ausgießt, dann willst du vielleicht umkehren. Zurück. Weil alle Langeweile ist besser als das Schwarz, was in deinen Füßen aufsteigt, schon bis zur Brust gekommen ist. Aber es geht nicht umzukehren. Blei im Körper. Eine Panik kommt dann, die größte Angst kommt dann, die du jemals erlebt hast. Und du siehst die Kälte kommen. Die Einsamkeit, die macht deinen Körper zittern. Und ganz klar siehst du noch, wie du gleich in einer Holzkiste liegen wirst. Feuer nach deinem Fleisch greift. Und hast Angst. Angst. Und zurück geht nicht.

NORA verabschiedet sich

Es war kalt damals. Herbst und so ein Wetter, wie das nur
Herbste draufhaben. Baumblätter lagen ertrunken in Pfüt-
zen, und ein Nordost blies durch die kahlen Zweige. Ich
stand auf der Straße und weinte. Ich sah auf das Licht, das
aus der Wohnung meiner Eltern kam, ganz gelb und
warm, ich wußte, daß da mein Bett stand, und ich weinte
noch mehr, denn ich war sechs und mir war verdammt
klar, daß ich da nicht mehr hingehörte. Ich würde alleine
auf der Straße bleiben, mich mit nassem Laub decken, um
am nächsten Morgen auf einem Schiff anzuheuern. Ich
habe vergessen, warum ich von zu Hause wegwollte. Aber
ich erinnere mich, daß Kinder sehr unglücklich sein können. Vielleicht unglücklicher als erwachsene Menschen,
weil sie nicht wissen, was das für ein Schmerz ist, der mit
der Trauer kommt, und ob der nicht vielleicht für immer
bleibt.

Herbst war es, und ich ging langsam ein paar Schritte
weg von dem Licht, von dem Haus, und ich machte mein
Gesicht ganz fest. Und dann war da auf einmal dieses
Schaf. Von Gott geschickt oder von grausamen Eltern aus
dem Stall getrieben, lag es auf der Straße. Dreckig und un-
geliebt. Ich hob das Tier auf und so standen wir da rum, in
der Nacht. Das halbblinde Stoffschaf und ich. Viel später
sind wir mit dem letzten Stolz, den wir noch hatten, in die
Wohnung der feindlichen Eltern zurückgekehrt. Natürlich
nur, weil das Schaf so fror. Ich denke mal, mein Leben

wäre ohne das Tier in eine andere Richtung gelaufen. In den Jahren später, wollte ich immer mal wieder alles hinschmeißen. Ein neues Leben anfangen, irgendwo, wo mich keiner kennt. Ich habe es nie getan. Weil mich immer dieses verfluchte Schaf warnte, und eigentlich habe ich nur wegen ihm kein mutiges, verrücktes Leben geführt. Talismänner machen so etwas. Das ist ihre Bestimmung. Sie zwingen Menschenleben in die feige Bedeutungslosigkeit, weil sie ihren Besitzer immer an Situationen erinnern, in denen sich überlegtes Handeln bewährt hat. Oder sie verführen ihren Inhaber zu einer unangemessenen Waghalsigkeit. Weil sie ihn in falschem Schutz wiegen. Egal, immer gaukeln Fetische dem Besitzer etwas vor und verleiten ihn zur Verantwortungsabgabe. Sie bringen Millionen Menschen dazu, häßliche Stofftiere, blöde Ketten und ausgetretene Stiefel von einem Ort zum anderen zu schleppen, Jungfrauen zu opfern und Kriege zu führen. Und all die Fetische lachen leise über unsere Dummheit. Guckt mal die Menschen an, kichern sie, die schleppen uns rum, umtanzen uns und verehren uns nur, um sich einzureden, daß sie nicht allein sind, auf dieser Welt, und daß sie Glück haben. Und wissen doch nicht, daß sie immer allein sind und Glück eine Illusion ist. Das Schicksal läßt sich nicht durch Schafe bestechen, das ist die Wahrheit. Aber die will keiner sehen. Wir brauchen einen kleinen, eigenen Gott. Vielleicht um uns daran festzuhalten, auf der Reise durchs Leben, die uns angst macht. Weil wir nur das Ziel kennen, und nicht den Weg. Ich weiß es nicht. Schon wieder weiß ich etwas nicht. Vielleicht werde ich nie mehr was wissen und werde aus dem Grund nie was werden. Und das nur, weil ich nicht mehr an Fetische glauben mag. Weil ich mein Schaf weggegeben habe. Da war ich gestern, auf der Station. Ich wollte, weil mir langweilig war, das Schaf wa-

schen gehen. Und es fiel mir aus der Hand. Und fiel vor die
Füße eines kleinen Kindes. Mann, war das ein häßliches
Kind. Verheult war es, der Rotz lief ihm aus der Nase, und
das Kind sah schmutzig aus. Ein kleines schmutziges Kind,
das nach einem kleinen, schmutzigen Leben ausschaute.
Und der kleine Drecksack hob mein Schaf auf. Stand da,
mit meinem alten, blinden Stofftier in der Hand und sah
mich an. Zuckte zusammen, beim Treffen unserer Augen,
als würde es einen Schlag erwarten. Das war so ein Reflex,
daß ich mir dachte, das kennt es wohl, das Kind. Geschla-
gen werden und Menschen, die ihm etwas wegnehmen, das
ihm Freude macht. Das Kind guckte so, und seine kleine
dreckige Hand hielt mein Schaf so fest, daß die Hand ganz
rot wurde, vor Anstrengung. Wir standen da ewige Sekunden. Dann faßte ich nach meinem Schaf. Strich ihm noch
mal über die eingedellte Schnauze und ging weg. Weil ich
erwachsen bin, ging ich weg, und weil ich doch inzwischen
wissen sollte, daß Traurigkeit aufhört. Und daß einem
Schafe wirklich nicht helfen.

BETTINA entdeckt die Mittelmäßigkeit

Ich in diese Redaktion. So ein Frauenblatt. Da arbeiten lauter Frauen, die meinen, sie wüßten, was ihre Leserin lesen will. Ich denk mir, einen Scheiß wissen die. Sie füllen das Blatt mit den Geschichten ihrer eigenen Unzulänglichkeit. Orgasmusprobleme, Partnerschaftsprobleme, Karriereprobleme. Warum muß so ein Dreck in Zeitschriften stehen. Warum liest irgendwer so einen Schwachsinn. Vertane Zeit. Abgehalten von eigenen Überlegungen. Mittelmaß. Mittelmäßige Menschen machen Unterhaltung für mittelmäßige Menschen. Geistig Armen die Zeit bis zum Ende verkürzen. Pappt alle Zeitschriften dieser Welt zusammen. Macht Bäume draus. Die gefällt werden, zu Papier gemacht für ein Buch.

Mit nackten Kerlen drin. Und ich. Liefere für Geld lausige Geschichten ab, die ich schreibe in dem Wissen, daß ich sie für Zeitschriften schreibe. Mit der Halbwertzeit eines Stuhlganges. Und was anderes fällt mir eben auch nicht ein. Mit jedem Wort, das ich schreibe, formuliere ich ein Stück Lüge. Raube ich die Zeit derer, die diese Worte lesen. Ohne ihnen etwas dafür zu geben. Und mit der gestohlenen Zeit fange ich noch nicht einmal etwas an. Sammle sie nicht, um etwas Wichtiges zu schaffen. Kann nichts Wichtiges schaffen. Weil ich nur Mittelmaß bin. Ist es wichtig, ein gutes Buch zu schreiben? Ein japanischer Haikudichter hat mal gesagt, wenn meine Verse einem Menschen Freude machen, habe ich nicht umsonst gelebt.

Ich habe seine Haikus gelesen. Ich wollte den Mönch gerne kennenlernen, der vor 200 Jahren gestorben ist. Ein melancholischer, zynischer Mönch, der lachen konnte über seine Einsamkeit. Ich weiß nicht, ob es mir genügt, einem Menschen Freude zu machen. Ich kenne diesen Menschen ja gar nicht. Vielleicht ist es ausgerechnet ein Arschloch, der seine Frau haut und so. Und der hat dann Freude an meinen Worten? Ich bin Mittelmaß. Ich bin jemand, der die Welt weder anhält noch schneller laufen läßt. Ich bin ein aufgeblasenes Nichts. Sich aufblasend aus der Angst heraus, daß, wenn der Ballon zusammenfällt, das Nichts für alle sichtbar ist. Ohne Berechtigung ist zu sein. Ich habe mal versucht ein Buch zu schreiben. Die Worte klangen hohl, und die Gedanken waren schon tausendmal gedacht. Ich habe das seingelassen. Ich weiß auch nicht, ob mein Wunsch, etwas Großes zu schaffen, uneigennützig ist. Ob es mir um das Große geht, meine ich, oder darum, daß andere bemerken, daß ich etwas Großes geschaffen habe. Ein zwingender Beweis für einen mittelmäßigen Charakter. Daß unsere Welt aus denen besteht, ist kein Trost. Voll ist von mittelmäßigen Künstlern, Schreibern, Kritikern. Das ist wirklich kein Trost. Dazuzugehören, zu der Armee der schon zu Lebzeiten Vergessenen. Ich tauge zu nichts Originellem. Nichts Großem. Ich tauge nicht zum Leben. Und zum Sterben auch nicht. Wie alle, die nicht zur intellektuellen Ekstase taugen. Renne ich der Ekstase der Liebe hinterher. Damit etwas passiert, das mich aus der Gewöhnlichkeit meiner Gedanken hebt. Und rechtfertige wie alle: Die Liebe ist es doch, um die es geht. Es geht vermutlich um etwas ganz anderes.

VERA ist durcheinander

So durcheinander war Vera noch nie. Sie sitzt in ihrer leeren Wohnung. Sie sieht die Wand an. Die Wand sagt da nichts zu. Alle weg. Nora. Helge. Und Ruth ist tot. Vera denkt oft an Nora. Sie macht sich Sorgen. Die Sorgen sind da. Selbst wenn sie sich klarmacht, daß Nora so alt ist wie sie selbst. Als sie damals schwanger war und schon längst mit Helge zusammenwohnte. Vera denkt, wie alt sie sich damals fühlte. Und denkt, daß Nora sich bestimmt genauso alt fühlt. Aber Sorgen macht sie sich trotzdem. Da helfen auch die fast leeren Karten nix, die ab und zu von Nora kommen. Karten mit häßlichen Stränden drauf. Und Sonnen. Und nun ist auch Helge weg. Um ihn macht sie sich keine Sorgen. Da hofft sie eher, daß er nicht wiederkommt. Vera sitzt da, sieht die Wand an und merkt, daß sie sich in ihrer Wohnung alt fühlt. Sie denkt an Pit und daran, daß sie bei ihm fast ihr Alter vergessen hatte. Vera merkt auch, daß sie Lust hätte, aus der Wohnung wegzugehen. Aus der Stadt wegzugehen. Irgendwohin. Um dort noch mal anzufangen. Sie hat in ihrem Büro angerufen. Es ist so egal, was sie dort macht. Es bedeutet nichts. Und deshalb geht sie dort nicht hin. Das Telephon klingelt. Vera hebt ab. Es könnte Helge sein. Es ist Pit. »Hey, du. Laß uns zusammen nach Amerika fahren. Wir könnten heiraten.« »Ich bin schon verheiratet«, sagt Vera. »O. K.«, sagt Pit, »dann laß uns eben einfach so nach Amerika fahren.« »Gut«, sagt Vera. »Wann fahren wir?« und »Wie wärs mit morgen?«

sagt Pit. »O. K.«, sagt Vera und legt auf. Dann geht sie zur Bank. Holt all das Geld, das sie gespart hat. Sie kauft sich ein paar neue Sachen, packt die in eine neue Tasche. Denkt noch mal an Nora. Denkt, daß die wirklich alt genug ist, um jetzt alleine weiterzumachen. Dann schließt sie die Tür. Läuft die Treppen runter. Unten bleibt sie noch mal stehen. Sie riecht. Und denkt sich: Diesen Dreck werde ich nie wieder riechen.

HELGE entdeckt den Tunnelblick

Das ist es. Du mußt den Blick eingrenzen. Der Blick darf nicht nach links und rechts abschweifen. Er darf nur erfassen, was vor deinem Gesicht stattfindet. Die optimale Eingrenzung des Blickes findet nach fünf Gläsern Wein statt. Oder nach vier Gläsern Grappa. Wichtig ist, daß das optische Phänomen nicht verlorengeht. Es läßt sich durch weitere Gläser Wein oder Grappa stabilisieren. Mit der Eingrenzung des Blickes geht eine selektierte akustische Wahrnehmung einher. Nur wenige Worte erreichen das Ohr. Das Ohr bleibt weitgehend sauber. Nicht belästigt, vom Lärm, den Menschen machen. Das Auge bleibt rein, das Ohr bleibt rein. Du siehst das Glas vor dir, deine Hand. Manchmal ein Gesicht, einen Pflasterstreifen. Du kannst darüber nachdenken. Mußt du aber nicht. Keiner zwingt dich, über deine Hand nachzudenken. Ein Blick in den Himmel. Du kannst ein Stück herausschneiden. Es vergrößern. Sieht aus wie Tapete. Es gibt nur Tapete. Die Realität wurde hergestellt von einem Tapetenhersteller, der über der Welt steht. Eine normale Größe hat. Er wechselt ständig seine Tapeten aus. Mal Himmel. Mal Venedig. Es gibt keine unterschiedlichen Orte. Nur unterschiedliche Zeiten, in denen ortgleich alles stattfindet. Noch einen Grappa. Meine Gedanken verirren sich. Denken nicht mehr an Zukunft und Vergangenheit, die Gedanken. Denken nur noch über das, was direkt jetzt vor den Augen stattfindet. Die Gedanken sind völlig von Gefühlen getrennt. Das ist eine wundervolle Erfahrung. Festzustellen, daß Gefühle immer durch Gedanken ausgelöst wurden. Und nicht durch eine Realität. Durch Vor- oder Zurückgedanken. Die imaginäre Verluste beschreiben. Meine Gedanken gehen nur noch zentimeterweit. Und ziehen keine Gefühle nach sich. Durch die Eingrenzung des Blickes werden andere Menschen nur sehr vereinzelt wahrgenommen. Vergleiche entfallen. Vorbilder entfallen. Es ist unwesentlich, was andere Menschen machen, wenn du diese Menschen nicht wahrnimmst. Der Blick ist nicht in der Lage, Bücher zu lesen. Einzelne Buchstaben ja. Bücher nein. Das Gehirn bleibt unberührt von den Einflüssen fremder Gedanken.

Ein normaler Tag für BETTINA

Ich habe nach dem Frühstück (ein Ei, ein Brötchen) ein Interview aufgeschrieben. Ein Gespräch mit einem angehenden Schriftsteller. Irgendwann hat der gesagt: Ja, der Huber, der kann schreiben. Der Huber, das war der angehende Schriftsteller selber. In dem Buch standen Wortkombinationen wie: kristallklarer Morgen, besinnliches Fest, traumloser Schlaf, versteckte Scham.

Das habe ich also aufgeschrieben. Danach habe ich begonnen, mich zu langweilen, und ein bißchen telephoniert. Dann rief Herr Thomforde von meiner Bank an. Ihr Dispo ist um 10 000 DM überzogen, sagt er und ich sag: Ruf ich Sie an, wenn der Dispo nicht überzogen ist? Möchten Sie, daß ich Sie in Zukunft anrufe und sage, Morgen, Herr Thomforde, mein Dispo ist heute nicht überzogen? Sagt er nichts drauf. Dann geh ich was raus, steh bei Tchibo und trink Kaffee. Habe ein Auge auf die Waren. Kissen mit Knick in der Mitte und Zierborte für 9,99 DM. Ein Übertopfset aus der Serie Deko Domo. Wer kauft diese Sachen? Trägt sie nach Hause und stellt die sich dahin? Werden Menschen dafür bezahlt, das zu kaufen? Ich trink Kaffee und seh die Menschen an, die richtig arbeiten müssen. Denen werden einige Entscheidungen abgenommen. Wie zum Beispiel die Was-mache-ich-jetzt-Entscheidung. Ich geh wieder heim. Aufzuräumen gibt es nichts, lesen habe ich keine Lust, also lege ich mich aufs Bett und seh fern. Ich weiß nicht, was andere Menschen, also solche, die nicht arbeiten, mit ihrer Zeit machen. Ich finde schwierig, die rumzukriegen. Lesen ist eine legitime Zeitrumbringung. Die ist akzeptiert. Machen sich andere Menschen Gedanken über den Tag? Erfinden sie Dinge? Meditieren sie? Helfen sie der Menschheit? Was machen die anderen Menschen? Speziell schwierig wird es bei Paaren. Manchmal war ich ein Paar und die Frage, was macht ein Paar dann so zusammen, finde ich noch schwieriger. Ein Paar kann zusammen essen gehen. Ins Kino gehen, Geschlechtsverkehr haben, Freunde besuchen, um mit denen auch was zu essen oder ins Kino gehen. Geschlechtsverkehr seltener. Irgendwann läuft es immer drauf raus, daß ein Paar zusammen im Bett liegt und fernsieht. Als Paar ist man noch ungnädiger der Langeweile gegenüber. Kann sich einreden, die Langeweile strömt vom Paarpartner ab. Alleine tät man sich nie langweilen. Das sagen auch die meisten Halbgebildeten: Ich langweile mich nie, sagen sie, außer mit anderen Menschen. Die richtig Schlauen haben erkannt, daß Langeweile der Normalzustand des nicht schwer arbeitenden Menschen ist. Abends gehe ich weg. Um mich mit anderen in Gruppen zu langweilen. Das Café am Platz, da sind immer Menschen, die ich kenne. Menschen mit spannenden Berufen. Fotografen, Schreiber, Werber, Fernseher. Sitzen da und scherzen über die Langeweile hinweg. Eiteln über ihre wichtigen Aufträge, die fernen Länder, in denen sie gerade waren, die wichtigen Menschen, die sie trafen. Reden sie so. Die Menschen die hier sind, heute, sind in meinem Alter, und die meisten haben sich in Paargruppen arrangiert. Sie haben auch oft Kinder. Und dann erzählen sie von ihren Kindern, und wie toll das ist, sich festzulegen. Fast glaube ich es. Aber nur fast. Hinter dem Sich-Festlegen riecht es zu streng nach Angst. Wenn ich jetzt noch alleine bin, muß ich es vermutlich lange bleiben. Wenige sind noch frei. Erst mit 40 werden wieder einige an Land gespült. Ehe ich gehe, werde ich von einem Typen angesprochen. Wir tauschen unsere Nummern. Halbherzig. Dann gehe ich und bin froh, wieder einen Tag rumzuhaben.

NORA steht so rum

Keine Ahnung, wie lange ich vor diesem Scheiß-Kranken-
haus stehe. Das Krankenhaus liegt irgendwo außerhalb.
Davor eine Schnellstraße. Staub. Verbranntes Gras. Mann,
ist das häßlich. Und heiß ist es auch. Ich stehe da und
überlege. Wo ich jetzt hin soll und so. Geld hab ich nicht
mehr. Nach Hause will ich nicht. Weiter in Spanien rum-
ziehen auch nicht. Wie ich so denke, kommt Tom. In den
ich verliebt bin. Und direkt werde ich rot, und mir fallen
keine schlauen Sachen ein, wie er so neben mir steht und
in die helle Sonne guckt. Er redet so ein bißchen. Er weiß
auch nicht, wo er hin will. Geld hat er auch keins mehr. In
solchen Situationen überfallen die im Film immer eine
Bank. Sagt er. Und ich sage. Gut, dann sollten wir das mal
auch tun. Und dann, sage ich ihm, könnten wir weiter nach
Italien. Da ist es schöner. Er sieht mich an, guckt, ob ich
spinne. Aber ich bin ganz ernst. O. K., sagt er dann. Wir
gehen zusammen zu dieser Schnellstraße, um ein Auto anzuhalten. Ein alter Laster hält. Wir legen uns hinten auf
den offenen Teil. Der Fahrer muß bis zur französischen
Grenze. Wir werden in dem letzten spanischen Ort eine
Bank nehmen. Und dann stellen wir uns vor, wie schön es
in Italien wird. Dafür, daß Tom ein Mann ist, geht es ganz
gut mit uns. Ich meine, es geht alles irgendwie einfach. Als
wir in der Nacht in dem Ort, dem letzten vor der Grenze,
ankommen, sind wir müde. Wir legen uns in so eine Park-
anlage, und vorher sind wir durch den Ort gelaufen. Der

hat zwei Banken. Eine ist uns sympathisch. Wir schlafen ein. Als es hell wird, nehmen wir ein paar Strumpfhosen von mir. Zerteilen sie. Ich frag Tom, ob er weiß, wie man auf spanisch sagt: Das ist ein Überfall und so. Ich meine, ob er sich da korrekt ausdrücken kann. Kann er nicht. Also sehen wir in seinem Wörterbuch nach. Überfall steht da nicht. Wir kriegen nur den Satz zusammen: Das ist ein unangenehmes Ereignis. Ich brauche Geld.

Das lernen wir auswendig. Zuerst kaufen wir in einem Souvenirladen eine Wasserpistole. Wir gehen zu der Bank. Es ist ziemlich ruhig. Wir setzen die Strumpfteile aufs Gesicht und gehen da rein. Wir zur Kasse. Ich drohe mit der Plastikpistole. Es kommt mir vor wie spielen. Die Leute in der Bank haben Angst. Ich schreie laut rum. Eine alte Kassiererin sucht Geld zusammen. Wir haben nicht daran gedacht, einen Beutel mitzunehmen. Also nehmen wir die Handtasche der Kassiererin. Dann gehen wir aus der Bank. Die Masken runter und um die Ecke. Ich muß so lachen, daß ich mich einpisse. Wir gehen schnell durch den Ort. Und durch die Grenze laufen wir einfach. Die wollen noch nicht mal unsere Pässe sehen. In Frankreich halten wir ein Auto an. Das fährt drei Stunden, und dann sind wir in einem hübschen Ort. Wir gehen in eine Bank und tauschen ein bißchen von dem Geld um. Dann gehen wir in ein Hotel. Wir haben sehr viel Geld. Wir werfen uns auf so ein durchgehangenes Bett. Und lachen. Wir schlafen ein. Um uns das Geld. Als ich mal aufwache, in der Nacht, liegen wir immer noch so da.

PIT sieht Amerika

Fuck. Das ist also Amerika. Irgendwo in Kalifornien. Fuck
Kalifornien. Das Meer zehn Schritte weg. Fuck-Shit-Meer.
Komisch heiß hier. Die Sonne stechend und wenn du um
die Ecke in den Schatten gehst, ist da Wind und du frierst.
Wir sind in einem Motel. Das wollte ich gern. Die kenn ich
aus Filmen. Das Auto steht vor der Tür, und auf dem Hof
ist so ein heißes Warmwasserbecken. Vera schläft noch.
Ich geh zum Meer. Ich weiß nicht, was ich mir vorgestellt
habe. Vielleicht, daß hier überall Schilder draußen hängen:
Rockstar gesucht. Oder: Wer will Millionär werden. Und
dann dachte ich, daß die hier nett wären. Sofort Kontakte
und so. Ich komm an, und direkt läuft mir Aerosmith oder
so wer über den Weg. Und ab zu ner Party und schon bin
ich drin. Aber so ist es nicht. Wir kamen an. Müde und
kein Schwein beachtete uns. Und dann ein Auto gemietet
und gefahren, gefahren – alles sah auch häßlich aus. Und
jetzt sind wir hier. Vera ist müde und schläft. Ich sitz am
Meer. Und habe keine Ahnung, was ich hier soll. Es ist
verdammt trostlos. Ich will keinen Urlaub machen. Ich
wollte leben hier. Und jetzt bin ich mir nicht mehr sicher.
Hier leben oder woanders – es ist egal. Meer ist langweilig.
Was die Menschen nur immer damit haben. Ach, das
Meer, seufzen sie. Und dann gucken sie da drauf. Keine
Ahnung, was die da sehen. Ich seh nicht viel. Es blendet,
und ich bin kurzsichtig. Vera schläft. Ich in das Blubber-
becken. Fang an zu onanieren. Grade wo es soweit ist,

kommen zwei so dicke Amiweiber. Ich mach aber fertig. Die beiden verschwinden direkt wieder. Was soll man hier anders machen als onanieren. Manchmal habe ich Angst, daß Vera abhaut. Ich denke mal, sie langweilt sich mit mir. Ich mich mit ihr nicht. Aber ich erwarte auch nicht soviel. Frauen wollen ja immer Gespräche haben. In Gesprächen bin ich nicht so gut. Ich denk mir auch, die bringen nichts, so Gespräche. Da redest du, und im Moment hast du ein tolles Gefühl. Aber was bleibt von so einem Gespräch. Ich werde jetzt Vera wecken. Zeit, daß wir weiterfahren. Vielleicht ist es woanders besser.

BETTINA und die Sukkulente

Noch am gleichen Abend rief der Bernd aus dem Café an. Ich bin der Bernd, hatte er gesagt, und erst nach einigen Minuten blöden Redens war Bettina eingefallen, daß sie mit dem gerade im Café Nummern getauscht hatte. Bettina hatte sich danach im Bett überlegt, sich in Bernd zu verlieben. Sie wußte nicht mal mehr, wie der eigentlich aussah, der Bernd. Am nächsten Tag kam der Bernd, um Bettina zu besuchen. Ein halber Tag ging rum für Bettina mit Haare färben, baden, schminken und solchen Sachen. Und als der Bernd abends vor der Tür stand, war Bettina sofort klar, daß sie die Zeit anders hätte herumbringen können. Der Mann stand da und löste nichts in ihr aus.

»Setz dich doch.«

»Danke.«

Schweigen.

»Schön hast du's hier.«

»Danke. Willst du was trinken?«

»Ach. Warum nicht.«

Kehle macht Laute. Zu laut. Sonst ist es still.

»War schön, gestern. Hm. Hm?«

»Ah ja. Äh. Klar.«

Der Mann steht auf.

»Ich darf doch?« Er steht vorm Bücherregal.

»Ja. Klar.«

Er hält den Kopf albern schief, um die Buchrücken zu

lesen. Dabei wippt er mit den Füßen. Auf und ab. Auf und ab. Bettina möchte ihm …

»Ah. Tucholsky. Hm. Du magst Tucholsky?«

»Hm.«

»Ich auch. Er ist so … so …«

»Ja.«

Der Mann räuspert sich. Setzt sich umständlich wieder hin. Räuspert sich. Steht wieder auf. Läuft ein bißchen. Sieht sich ein schlechtes Bild an, das an der Wand hängt.

»Ich liebe Kunst sehr. Ich bin ja irgendwie mit Warhol großgeworden.«

Seid ihr alle, denkt sich Bettina. Mit Warhol großgeworden, mit Mapplethorpe, und eure Eltern haben alle Juden im Keller versteckt, ihr Arschgesichter. Der Bernd setzt sich wieder. Diesmal aufs Sofa. Neben Bettina. Die verschränkt die Arme vor der Brust. Der Mann beugt sich nach vorne. Nimmt sein Glas. Öffnet die Arme weit. Legt einen auf die Sofalehne. Hinter Bettinas Kopf längs.

»Haha. Schon komisch. Daß wir hier jetzt sitzen. Bis vor kurzem kannten wir uns noch gar nicht. Nicht?«

Bettina sagt nix. Sie hat die Augen an die Decke geheftet. Ihr ist nicht wohl. Sie steht auf. Geht zum Fenster. Sieht raus. Der Mann steht auf. Geht zum Fenster. Stellt sich hinter Bettina. Sieht raus. Schlingt die Arme um sie. So von hinten. Sein schlechter Atem pfeift neben ihrem Ohr vorbei. Schlägt einen Haken. Und landet in ihrem linken Nasenloch. Vor Bettina steht eine Sukkulente. Sie faßt danach. Die läßt sich leicht aus der Erde heben. Sie dreht sich rum. Und drückt dem Mann das Teil auf den Kopf. Der Kaktus verharrt kurz und rutscht dann schräg über sein Gesicht zum Boden. Der Mann steht still. Sieht nach unten. Zum Kaktus. Nach oben. Zu Bettina. Er macht ein

ganz blödes Gesicht. Dann holt er ein Taschentuch aus seinem Sakko. Und putzt auf seinem Kopf rum.

»Ja, äh.« Der Mann lacht ein bißchen herum.

»Ich werd dann mal ...« Er nickt. Geht wie ein Hund
durch den Raum. Geht zur Tür. Macht die zu. Von außen.
Bettina seufzt auf. Eigentlich müßte sie das alles komisch
finden. Tut sie aber nicht. Als sie sich die Schminke vom
Gesicht wäscht, heult sie ein bißchen.

TOM und NORA verlieben sich und so ein Scheiß

Tom und Nora sind noch nicht ganz in Venedig. Kurz davor, so drei Stunden, sitzen sie auf einer Wiese an einem Kanal. Sie haben kaum was an, weil es warm ist. Dann sehen sie sich an, und es passiert. Tom verliebt sich in Nora, und Nora verliebt sich so richtig in Tom. Tom verliebt sich in Nora, weil sie sehr jung ist, sehr zart, weil ihre Haut ganz glatt ist und ihre Haare lang und blond. Er verliebt sich in sie, weil er das Gefühl hat, sie beschützen zu müssen, weil er sich erfahren und männlich neben ihr fühlt. Weil sie ihm zuhört und ihn bewundert. Weil er das Gefühl hat, der erste Mann für sie zu sein. Weil sie da ist. Weil er geil ist. Nora verliebt sich definitiv in Tom, weil er sehr männlich aussieht und besser als alle Jungen, die sie kennt. Weil er erwachsen ist. Weil er so schlau ist. Weil er da ist. Weil sie denkt, daß ihr Leben durch ihn anders wird. Weil er besser aussieht als Kurt Cobain. Beide legen das Käsebrot weg und fangen an zu küssen. Küssen findet Nora eigentlich nicht so toll, aber diesmal ist es schön. Vielleicht, weil sie noch nie so einen schönen Mann geküßt hat. Es geht gar nicht um das Küßgefühl, sondern um das, was der Kuß bedeutet. Ein gemeinsames Leben bedeutet der Kuß für Nora. Nie mehr einsam sein. Jemanden haben, für mich alleine. Für Tom bedeutet der Kuß den ersten Schritt zum Sex. Er fährt mit seinen Händen an Noras kleiner Brust entlang. Schiebt sich in die Bikinihose. Nora läßt sich das gefallen. Es hat alles mit ihrer Zukunft zu tun, und es ist bestimmt anders als mit den anderen Männern. Tom streift seine Hose ab, und diese Pause ist Nora peinlich, sie gräbt ihr Gesicht an seine Brust solange, wegen der Peinlichkeit. Tom nimmt ihre Hand und legt sie auf seinen Schwanz. Nora weiß nicht, warum die Hand da liegen soll, und drückt. Tom stöhnt. Nora läßt los. Tom denkt nicht mehr. Er verbringt schnell sein Glied in Nora und beginnt seine Arbeit. Noch nie hat er so ein junges Mädchen gehabt. Noch nie so ein dünnes. Er fühlt sich stark und potent. Nora guckt kurz auf Tom. Der ist ganz fremd, wie er da so arbeitet. Sie fühlt nichts außer wenig Luft, warm und zu schwer. Tom kniet vor Nora und hebt ihre Beine in die Luft. Er beobachtet sich beim Reingehen in Nora. Das sieht stark aus, und Nora ist süß. Nora findet die Haltung ihrer Beine obszön. Ein obszönes Gefühl und Nora ist in dem Moment überhaupt nicht verliebt, sondern sehr alleine. Dann ist Tom fertig, und er sinkt ins Gras und beeilt sich, nichts zu sagen, und schläft ein. Nora steht auf. Es war nicht das erstemal. Aber es war das erstemal ohne Alkohol, das erstemal ohne Haß, das erstemal mit Liebe, und gerade darum hat sie sich noch nie so dreckig gefühlt. Das Wort dreckig kommt Nora ganz plötzlich, und das Gefühl dazu, und sie geht so rum und weiß gar nicht wohin, mit dem ganzen Dreck, und als sie mit dem Fuß gegen eine alte Konservendose stößt, bückt sie sich und hält die in der Hand. Sieht sich die Wellung des Deckels an und versucht ein paar Schnitte auf ihrem Arm.

VERA wundert sich

Daß es schlechter wurde, fing außerhalb des Bettes an. Ich meine, im Bett war alles gut. Nach zwei Wochen gingen wir dann schon mal öfter raus, und da wurde es dann schlechter. So Kleinigkeiten waren das, die schlecht waren. Daß Pit nie eine Bestellung aufgab, in Restaurants, daß er immer auf Toilette mußte, wenn die Rechnung kam, und daß ich merkte, daß ich seine Späße peinlich fand. Also, ich konnte nicht mehr lustig finden, daß er in jedem Lokal die Zuckerstreuer losschraubte, daß er immer gegen Laternenpfähle rannte und im Supermarkt immer den ganzen Korb mit Gebißreinigern vollpackte. Ich weiß nicht, warum einem auf einmal so banale Kleinigkeiten auffallen, bei einem Menschen, in den man verliebt ist. Und ich weiß auch nicht, warum sie so eine beschämte Stimmung verursachen. Worte waren es auch, die mich störten, die mir Übelkeit bereiteten. Worte wie: geilomat, tschüssikowsky, null problemo, also solche Worte, wo ich dachte, noch eines davon und ich kotze. Am liebsten, außerhalb des Bettes, ging Pit was essen, oder er saß irgendwo rum. Das Essen bezahlte immer ich, das Rumsitzen war fad, weil er da auch nicht groß mit mir redete. »Pit«, fragte ich, »Pit, wollen wir nicht was machen«, fragte ich. Hm, sagte Pit, eigentlich ist es doch hier ganz nett. Und daß ich es nicht mehr nett fand, einfach nur wo zu sitzen, das war ein mieses Zeichen, ich meine, wenn man sich mit jemandem nicht mehr versteht, da fängt man dann meistens an, unbedingt was machen zu wollen. Man muß sich ablenken, um nicht zu laut zu hören, daß es leise nicht geht. Ich frag mich natürlich viel. Frag mich, ob es gerecht ist, so zu fühlen, und ob es in meinem Alter überhaupt noch möglich ist, wen zu finden, wo einen nichts anwidert. Vielleicht ist das gar nicht mehr möglich. Wir fahren also durch Amerika, und auf eine unglückliche Weise denke ich, ich muß das hier jetzt schaffen. Ich muß das schaffen, und mein Kopf zählt gute Dinge auf. Mein Gefühl weiß es aber eigentlich besser. Wir fahren durch Amerika, und ich glaube nicht, daß wir irgendwo ankommen, wo dann alles in Ordnung ist. Ich weiß jetzt schon, woran ich mich erinnern werde. Ich werde mich an eine stechende Sonne erinnern und an viel Schweigen. An viel Mißverständnis werde ich mich erinnern. Und an die Angst zu sagen: Es war ein Mißverständnis.

HELGE findet Freitag

Helge sitzt so auf dem Touristenplatz in Venedig. Er trinkt von dem Wein, den er mit sich führt, und hat den Tunnelblick eingeschaltet. Im Tunnelblick erscheinen interessante Menschendetails. Ein rosa Bein von einer Frau. Dicke Adern drauf und ein weißer Socken, der das Bein abschließt wie eine Papierrosette einen Gänselauf. Einen Mann mit wenigen Haaren zu einer Seite gekämmt, der steht und mit einem Finger, der noch nie etwas Ordentliches gemacht hat, auf ein Bauwerk zeigt. Als würde das Bauwerk nur durch seinen Finger am Stehen bleiben, als würden die Frauen, die er bei sich hat, ohne den Finger nicht schauen können. Ein Mädchen erscheint im Tunnelblick. Ungefähr 10 und überfüttert. Mit fetter Nahrung und mit den Dummheiten aus den Gehirnen ihrer Eltern. Das Mädchen hat einen Blick im Gesicht, eine Prägung in den dicken Wangen, die schon alles verstanden haben von der Welt und nun nichts mehr dazulernen werden. Stehenbleiben werden, mit 10 Jahren für die kommenden 60. Ein Leben umsonst. Das Mädchen wirft Tauben Essen hin. aber es haßt die Tauben und sähe gern, daß sie ihre kleinen Eingeweide ausspucken nach Genuß der Mahlzeit. Arrangierte Paare erscheinen im Blick. Gesichter, die sich ähneln in ihrer Dumpfheit. Nichts verstehen. Sich dreingeschickt haben, im Unwissen behäbig und Angst vor allem, was den kleinen Verstand überfordert. Helge spürt eine Bewegung neben sich. Angst um seine Weinflasche läßt ihn den Blick zur Seite wenden. Da hat sich ein kleiner Eingeborener hingesetzt. Ein Junge, 17 vielleicht. Nichts von all dem Moder in seinem Gesicht Unschuld. Schaut er Helge an und lächelt. Mein Freitag, denkt Helges verwirrter Geist und seine Seele, die schon tot schien, sich in Einsamkeit geschickt hatte, wird berührt von diesem einfachen, netten Gesicht. So sitzen sie nebeneinander, ohne zu reden. Irgendwann reicht Helge seine Weinflasche zu dem Jungen, und das ist das meiste, was er geben kann. Der Junge trinkt, und als Helge sich viele Stunden später zum Gehen bereitstellt, folgt der Junge mit Selbstverständnis.

VERA fährt Auto

»Ja. Klar, Pit. Wenn du es willst, fahren wir halt Indianer gucken.« Vera ist angespannt. Indianer interessieren sie einen Scheiß. Und Pit labert ihr schon den ganzen Morgen die Ohren voll. Daß er eigentlich Indianer ist. Und von Träumen, in denen er sich gesehen hat, mit langem Haar und Federschmuck. Deswegen hat er sich auch die Haare wachsen lassen. Indianer hatten so einen spacigen Kontakt zur Natur und so. Und die großen Geheimnisse, die kennen sie sowieso. Vera hat sich das angehört. Ihn angesehen und gedacht: Bist du jung. Vielleicht hätte sie das alles vor vier Wochen noch spannend gefunden. Und so anders. Und so phantasievoll. Jetzt ist aber 4 Wochen zu spät. Pit sitzt auf dem Beifahrersitz. Er trommelt lautlos Indianerrhythmen auf seine Knie. Die Augen geschlossen und aus dem Kopf summt ein Hey-ja-hey-ja-hey-ja. Vera sieht ihn an. Von der Seite. Und wundert sich, warum sie ihn so albern findet. Auf einmal. Sie fahren in ein Reservat. Und Vera denkt: Natürlich fahre ich. Vera fährt nicht nur den breiten Amischlitten durch die pralle Sonne. Vera bestellt Hotelzimmer. Bestellt das Essen. Redet mit den Eingeborenen. Überlegt sich, was man so machen kann. Und Pit läuft nebenher. Und singt Hey-ja-hey-ja …

Vera fährt Auto. Pit summt. Sie fahren in das Reservat. Staubig. Grell. Eine Holzbude, wo diese Schmuckstücke mit blauen Steinen verkauft werden. Pit springt aus dem Auto und sieht sich Ringe an und Ketten. Absoluter

Kitsch. Er sieht Vera an. Sie kauft ihm davon. Dann fahren sie weiter durch das Reservat. Häßliche Billighäuser mit vollen Mülltonnen. Davor häßliche Männer mit Schlitzaugen und Bierflaschen in der Hand. Vera will nicht aussteigen. Pit auch nicht. Sie fahren aus dem Reservat raus. Wenigstens summt Pit nicht mehr. Sie fahren und schweigen. Es gab von Anfang an nicht soviel zu reden. Vera sucht nach irgendwas, worüber sie mit ihm reden könnte. Aber alles verkrampft sich in ihrem Kopf. Reden kann man entweder oder nicht. Ins Schweigen hinein sagt sie irgendwann: Es ist nicht so, wie wir dachten, stimmts? Und Pit sagt nur: Hm. Und Vera sagt: Ich glaube, ich will wieder nach Hause. Es hat keinen Sinn mehr hierzubleiben. Und Pit sagt: Hm. Und dann nach einer langen Weile sagt er: Ich glaube, ich bleibe hier. Und Vera sagt nichts. Als sie in ihrem Motel ankommen, packt Vera ihre Sachen. Pit dreht sich weg. Vera sagt: Paß auf dich auf. Und geht.

BETTINA träumt Mist

Die Frau sitzt in einem Raum. Sie wartet. Auf was, weiß sie nicht. Sie trägt ein Designerkostüm. Fleischfarben. Die Farbe ist doof, denn die Käfer auf der Bank haben häßliche Flecke auf dem Kostüm hinterlassen, als die Frau sich darauf setzte. Sie hält die Beine relativ waagerecht in der Luft. Das ist anstrengend, aber gut für die Bauchmuskeln. Auch gut für die Schuhe. Denn der Boden ist 10 cm hoch mit einer braunen Flüssigkeit bedeckt, auf der eine vereinzelte Monatsbinde treibt. Ratten tollen herum und wollen da reinbeißen. Die Frau riecht aber noch gut. Das ist ein erfolgreich zugebrachtes Singleleben, wonach sie riecht, ein bißchen auch CK one von Calvin Klein. »Wissen Sie, was das hier soll?« fragt die Frau den Typen, der neben der Tür sitzt. Der ist behaart und hat einen verkrüppelten Fuß. In der Hand hält er einen Dreispitz. »Ich bin Bettina Mayer, eine erfolgreiche Journalistin«, stellt sich die Frau vor. Und irgendwie habe ich echt keine Zeit zu verlieren.« Der Typ schaut durch sie durch und stinkt. Nach 16 Stunden gemeinsamen Wartens, auf was auch immer, beginnt die Frau wieder zu erzählen. Was soll sie auch sonst tun. »Ich hab mir nix vorzuwerfen«, erzählt sie. »Ich war politisch korrekt. Hab keine Judenwitze gemacht und Neger nie Neger genannt.« Dabei nickt sie so heftig, daß ihr ein Bein in die Gülle rutscht. Sie hebt es hoch, schüttelt ein wenig Schleim ab. Und spricht weiter. »Ich habe Geschichten voller Lügen geschrieben. Ich habe Frauen eingeredet, daß es

Orangenhaut gibt und Orgasmus. Und ich habe alle Männer verlassen. Aber das macht doch jeder. Gott weiß, wo-
von ich rede.« Der Typ an der Tür verschluckt sich und
hustet. In dem Moment geht die Tür auf. »Mitkommen«,
sagt ein Ding und zeigt auf die Frau. Das Ding sieht aus
wie eine Mischung aus Dackel und Mike Krüger. Die Frau
watet durch den Morast. Sie wird einige Gänge entlang zu
einem Zimmer geführt.

Das Zimmer ist ordentlich. Hieronymus-Bosch-Tapete
an der Wand. Der Ledersessel, in dem die Frau nun sitzt,
ist vielleicht ein bißchen zu tief. Und ein bißchen zu weich.
Der ist so, daß, wie auch immer die Frau sich dreht oder
wendet, es bescheuert aussieht. Ein Mann sitzt ihr lä-
chelnd gegenüber. Das Licht ist einen Hauch zu hell. Es tut
weh in den Augen. Und irgendwas in dem Raum erzeugt
einen Ton. Den man zuerst gar nicht hört. Danach auch
nicht, aber irgendwann fängt das Augenlied an zu zucken,
wegen dieses Tons. »Du hast dein Leben versaut«, sagt der
Mann, und seine Stimme ist so sanft, daß sie schmiert. Er
droht der Frau mit seinem fetten Zeigefinger. »Da werden
wir jetzt mal fein die Rechnung bezahlen«, sagt er auch.

Der Dauerton nimmt Konturen an. Wird Musik. Es ist
Bata Illic, der da singt. Die Frau krümmt sich. »Bitte«, flü-
stert sie. »Danke«, sagt der Mann, und ein neues Lied beginnt. Nana Mouskouri. Der Frau steht der Schweiß. Der
Mann lächelt und setzt sich eine Halbbrille (19.90) von
Tchibo auf. Er sieht kurz in eine Personalmappe. »Du hast
nichts Vernünftiges gemacht. Du warst nicht fähig zu lieben, du hast ein sinnloses, lästiges kleines Leben geführt.«
Er schaut auf. Durch die Halbbrille. Man könnte es dabei
bewenden lassen. Aber Pflicht ist Pflicht. Und damit ist die
Frau entlassen. Die Dackel-Mike-Krüger-Mischung holt
die Frau ab. Sie gehen wieder einige Gänge entlang. Die

Frau erwartet das Schlimmste. Aber das läßt wie immer auf sich warten. Ein kleiner, grauer Raum. Ein Bett, ein Stuhl. Ein Fenster in die immerwährende Nacht. Die Frau setzt sich aufs Bett. Die Tür wird geschlossen. Sie sitzt ungefähr ein Jahr lang auf diesem Bett. Aber vielleicht sind es auch 10. Denn älter wird sie nicht mehr. Sie ist auf immer 33 und trägt ein Kostüm. Nach einer sehr langen Zeit betritt ein Mann den Raum. Der Frau hätte das Herz gestockt, wäre da eines. Der Mann ist nackt. Lange Haare und all so ein Zeug. Die beiden reden echt über alles. Sie lachen, streicheln sich. Zum erstenmal fühlt die Frau Liebe. Sie fühlt, fühlt sich reich, zart erfüllt und glücklich. Vorbei das Grauen. Die Leere. Die Sinnlosigkeit. Die Frau liegt auf dem Mann. Zerfließt vor Wärme. Plötzlich fängt der Mann an zu singen: ... du mußt deinen Preis bezahlen. Auf das Lied hin öffnet sich die Tür, und einige Echsen treten ein. Sie alle singen mit. Du mußt deinen Preis bezahlen ... Ein paar Echsen übergeben sich auf die nackte, weinende Frau. Der Mann. Ihre große Liebe, verläßt den Raum. Er pfeift. Wieder vergehen viele Jahre der Einsamkeit. Dann geht die Tür auf, und Bettina wacht auf. Ihr ist schlecht, und sie übergibt das Abendessen der Toilette. Dann sitzt sie auf dem Bett, raucht und denkt sich, daß es Zeit ist, irgend etwas zu ändern.

VERA sitzt rum

Vera kommt in den Flur. Sie erinnert sich an den Gedanken vor ihrer Amerikareise. Über den Geruch, den sie nie
mehr riechen wollte. Jetzt ist ihre Nase sofort voll damit.
Nach Bürgern und Staub, nach Essen und kleinem Leben
riecht es, und mit großem Widerwillen geht Vera die Treppen hoch. Die Wohnung ist klein und gelb. Vera setzt sich
auf einen Stuhl und sieht die Wand an in ihrer stumpfen
Musterung. Sie ist unfähig, sich zu bewegen, Bewegung
wäre eine Entscheidung. Das war mein letzter Versuch,
Glück zu finden, denkt sich Vera. Und ihr ist nicht klar, so
ganz, was es heißt, ein Leben vor sich zu haben, von dem
das Glück ausgeschlossen ist. Vera geht dann auf die Straße, um etwas einzukaufen. Am besten ist es, denkt sie sich,
ich lebe ganz mechanisch. Ich teile mir die Stunden auf in
Verrichtungen, die ich dann erfülle. Sie kommt an einer
Bank vorbei, während des Gedankens. Darauf sitzt ein alter
Mann. So 50 vielleicht. Der hat einen kleinen Plüschbären
im Arm. Dem erklärt er die Autos, die vorbeifahren. Der
hat jemanden, denkt Vera und geht weiter in den Supermarkt, wo sie beginnt Waren in ihren Korb zu tun, von
denen sie nicht genau weiß, was sie damit anstellen soll.
Vera entsorgt die Waren in der Wohnung. Setzt sich hin.
Steht wieder auf. Holt die Waren ins Wohnzimmer. Beginnt systematisch, alles aufzuessen. Die Wurst vor dem
Käse. Bis alles weg ist. Dann ist Vera schlecht. Dann kann
sie schlafen.

PIT hat Pech

Seit Vera weg ist, läuft nur noch Scheiße. Kaum war sie
aus der Tür, ging es los. Eine Nacht, von der ich nur noch
weiß, wie der Morgen danach war. Mit einer tierischen
Fahne bin ich aufgewacht, und neben mir lag eine Rothaarige. Frag mich nicht. Ich hasse Rothaarige. Also ich meine
jetzt die, die das extra machen. Die sind entweder auf nem
ekligen Ökotrip und jung. Oder wollen endlich ihre Weib-
lichkeit entdecken und sind alt. Widerlich sind sie alle. Und
so eine lag neben mir. Sie hatte ungefähr 800 Katzen in so
einem kleinen Zimmer, wo überall Dreckzeug rumstand,
Deckchen und so was. Ich bin da weg. Das Geld war auch
weg. Das habe ich gemerkt, als ich wieder in das verfluchte
Motel kam. Die Rechnung war ja noch nicht bezahlt. Also
bin ich abends abgehauen. Mit dem Rucksack so eine verfluchte Straße lang. Kein Schwein hält da an, in Amiland,
wenn jemand wie ich da mit nem Rucksack abends so ne
Straße langläuft. O. K., dachte ich ziemlich kühl, was ist
deine Situation. Du hast weder Geld für irgendwas noch
zum Zurückfliegen. Du kennst kein Schwein. Kannst
nichts Ordentliches. Es ist Nacht, du bist allein weil deine
Liebste nicht mehr deine Liebste ist, weißt nicht, wo schlafen, und erst recht nicht, was essen. Kommen wir zu den
positiven Seiten: Du bist im Land der unbegrenzten Möglichkeiten. Das klingt doch gut. Dann bin ich, nachdem ich
eine Stunde wie ein Arsch diese Straße langgegangen war,
in so eine unsägliche Pinte. Die haben echt Dinger, diese

Amis. Und sie selbst sehn aus wie ihre Pinten und wie das, was sie essen. Mehr sag ich da nicht zu. Ich also in diese Pinte. Häng da rum. Geld zum was Trinken hab ich ja nicht. Da ist schon wieder so ne Frau. Mit ziemlich speckigen Haaren und dürr. Die guckt komisch. Ein bißchen irr, aber sehr intensiv. Ich also zu der Frau hin und sie angesprochen. Hey, gehts gut und so. Und sie antwortet gar nicht, sondern krallt sich in meinen Arm, daß da fast das Fleisch abgeht. Und zerrt mich raus. Erzählt was, daß sie verfolgt wird und so. Sie hat Angst, nach Hause zu gehen, sagt sie, weil die da schon auf sie warten. Ich denk mir: O. K., Mutter. Ist recht. Zu Hause klingt gut. Das klingt nach Bett mit vier Wänden drumrum. Ich geh also mit ihr nach Hause. Sie torkelt an meinem Arm rum und redet Schwachsinn. Ist eigentlich ein hübsches Mädchen. Also ich meine, könnte sie sein, wenn sie nicht rumrennen würde wie ein verwahrloster Hund. Ihre Bude sieht aus wie sie. Das ist wohl so, bei den Amis. Ich meine, bei uns geben sich die Leute verrückt. Und ihre Buden sehen aus wie aus ner Wohnzeitschrift. Hier sind die Leute verrückt, und ihre Buden sehen eben auch so aus. Als ich in ihrer winzigen Hütte stehe, fällt mir ein, daß ich solche Dinge aus dem Fernsehen kenne. Aus Fernsehspielen, wo sie Drogensüchtige zeigen. Leere McDonald's-Packs, Flaschen. Eine dreckige Matratze und ein paar vertrocknete Blumen. Und dann denk ich auf einmal, und das geht alles ganz schnell, ich denk an Jeffrey Dahmer. Meinen Lieblingsmörder. Und daß der auch Leute in seine Wohnung gelockt hat, um sie dann aufzuessen. Und wir sind halt in Amerika, dem Land, das die Massenmörder erfunden hat. Und ehe ich weiterdenke, kommt das Mädel wieder. Mit einem Glas in der Hand. Und noch einem in der anderen. Und sie setzt sich auf die Matratze und sieht echt harmlos aus. Die ist bestimmt kein Massenmörder. Dafür ist sie zu dünn. Und ich trink das Zeug. Das ist irgendein billiger Dreck und schmeckt bitter. Aber ich trink das, weil sie auch trinkt. Sie zittert nicht mehr, und jetzt wirkt sie ganz ruhig und lächelt mich an. Und ich sag nichts. Trinke nur, bis mir schlecht wird. Und dann fängt auf einmal der Stuhl, auf dem ich sitze, an zu wackeln. Und ich falle runter. Mir ist schlecht, aber kotzen kann ich nicht. Bewegen kann ich mich auch nicht mehr. Denken kaum noch. Das bißchen Denken geht in Portionen. Da taucht wieder Jeffrey Dahmer auf, und ich frage mich, was der in meinem Kopf will. Das Mädchen steht über mir und guckt. Ich seh das total verschwommen, wie sie guckt. Ich hab gar nicht soviel Angst, ich bin nur so schlaff. Und das Mädchen kniet zu mir runter und macht was auf meinem Kopf. Ich hör nur, daß das komisch klingt und das Mädchen die ganze Zeit eine Litanei betet. Und dann tut es einen Riß, und immer noch fühl ich nichts und verschwommen, immer noch verschwommen seh ich, wie das Mädchen ein blutendes Ding in der Hand hält. Und als ich kapiere in meinem Watteschädel, daß das mein Skalp ist, da setzt auch der Schmerz ein.

(Überraschenderweise enden Pits Aufzeichnungen an dieser Stelle.)

HELGE und Freitag

Waren vom lauten Platz weggegangen. Vom Menschen weg. In Gassen, die sie immer näher zueinanderführten, in ihrer Enge, aneinanderrieben. Und wenn sie sich weiteten, die alten Häuser, in guter Ruhe nebeneinander. Zu einem Park, in blaues Licht, in eine Aufregung. Sanken, weil genug Schritte gewechselt waren, auf einen Bettboden. Lagen dicht. Konnte eines den Atem des andren hören. So lange auf Baumkronen schauend, bis sie den Herzschlag der Blätter gewahrten. Die Hände auch dicht. Streifte eine die andere. Fanden sich dann, wie ein Stromschlag wölbte es Helges Körper, bis die Hände zum Ausatmen gelangten und still ineinander verblieben. Von der Hand des andern strömte eine große Erregung Helges Arm entlang, den Körper durch bis in die Tiefe seines Leibes. Dahin, wo er kein Leben mehr vermutet hatte. Das machte ihm eine närrische Unruhigkeit. Mehr aber ging nicht, und als der Abend kam, mußten sie aufstehen, denn er kam kühl. Die Hände lösten sich. Fanden erneut, glitten, den Arm voran, um den Körper des anderen. Der Mond stieg aus der Lagune, wie ein drohroter geschwürener Warner. Doch den beiden hieß er nur Liebe. Na und so weiter, bis die Typen halt so in Helges Bett lagen und tierisch rumbumsten.

BETTINA macht einen Zauber

Murti sitzt mit nacktem Oberkörper vor einem kleinen Altar. Er singt leise. Sein Oberkörper ist knochig, sein Bart lang. Bettina liegt neben dem Altar. Sie hat Murti ein paar Schamhaare gegeben, die er jetzt zu einem Pulver verstreicht. Er fleht den Himmel in Sanskrit, Bettina hofft, daß Himmel dieser alten Sprache mächtig sind, und fertigt auch ein Amulett. Mit dem fährt er dann über Bettinas nackten Körper, um die Energien einzufangen. Die da aber wohl nicht mehr vorhanden sind. Murti wird wissen, was er tut. Er hat da drauf studiert. 15 Jahre in Indien hat er die Weisheit studiert. Und jetzt wohnt er in einem Haus vor der Stadt, das sich selber betreibt, vielleicht auch selbst reinigt. Wie in einem Esoterikladen sieht es in dem Haus aus, und Bettina hatte nie gedacht, daß es mal soweit käme mit ihr. Doch jetzt ist alles egal. Murti ist Bettinas letzte Hoffnung. Seit drei Wochen stirbt sie durch die Gegend. Weil sie den falschen Mann im falschen Augenblick getroffen hatte. Drei Tage hatten ihr klargemacht, daß ihr ganzes Leben ein großer Mist war. Daß alle ihre Lieben vorher Mist waren. Daß sie selber Mist war. Wie konnten zwei Menschen so unterschiedlich empfinden? Bettina, die nur mit wem schlief, wenn sie den auch liebte, verstand nicht, wie einer mit ihr hatte schlafen können, ohne sie zu lieben. Und nicht irgendwie schlafen. Sondern lieben. Zärtlich sein. Küssen. Ablecken. Aufessen. Sie hatte den Mann, der sie zum Mist machte, der sie zu Murti getrieben hatte, der sie seit drei Wochen Tarotkarten legen machte, getroffen, als sie niemanden treffen wollte. Es war ihr gutgegangen, an diesem Nachmittag. Sie hatte eine Reportage gemacht und war dann in ihr Café gegangen. Und wie sie da so reinkam, in ihr Café, hatte sie ihn gesehen. Er saß an einem Tisch, und sie hatte ihn gesehen, und ihr Gehirn, ihr Verstand waren in den Blick geflossen und waren auf ihm explodiert. Die waren dann weg, diese Sachen, flossen wahrscheinlich auf dem Fußboden. Sie stand da, in dem vollen Café. Hörte keinen Ton. Kam irgendwie auf einem Stuhl zum Sinken. Ihre Hände zitterten, brachten den ganzen Rest in eine ungeordnete Bewegung. Sie wußte da schon, obwohl das Gehirn weg war, daß sie so nie mehr einen sehen, nie mehr einen wollen würde. Er kam dann zu ihr, wollte ihre Nummer haben. Ihre Hand bewegte sich, schrieb eine Nummer, sie konnte ihrem Hirn nicht einmal die Information geben, wie er aussah. Dann ging er weg. Für sie gab es nichts mehr zu erledigen. Sie fuhr nach Hause, in einem Taxi. Ein bißchen was in ihr dachte: So fangen große Lieben an. Ein bißchen in ihr dachte: Vielleicht bin ich bald nicht mehr alleine, vielleicht habe ich auch einen zum Teilen. Und kein Hirn mehr da, das sich über sich lustig machen konnte. Als sie nach Hause kam, hätte es ihr genügt zu schlafen, von ihm zu träumen, aber er hatte schon auf ihr Band gesprochen, und sie rief ihn zurück. Seine Stimme war sehr hoch für einen Mann, und noch immer fiel ihr nicht ein, wie er aussah. Eine halbe Stunde nachdem sie sich geduscht hatte und umgezogen, angezogen wie eine Braut, stand er vor ihr. Er war klein. Ihre Augen funktionierten wie Augen von Fliegen, sahen lauter Teile, gaben aber kein Ganzes. Sie und der Mann liefen in ihrer Wohnung herum. Der Mann redete wirr, wie unter Drogen. Vielleicht war er unter Drogen, sie war es auf jeden Fall. Nach zehn Minuten lagen sie auf ihrem Bett. Wenn ihre Augen schon nicht arbeiteten, dann mußten ihre Hände das erledigen. Noch keiner hatte sie so angefaßt. Unfremd. Vertraut und schön und warm, und sie schliefen dann miteinander. Einige Male. Für Bettina war es mit noch keinem so gewesen, und deshalb dachte sie, das müsse für ihn auch so sein. Irgendwann in der Nacht ging er, und Bettina schlief kurz und ruhig. Sie wußte, daß er wiederkommen würde. Er kam. Sie sahen sich noch drei Tage lang. Am dritten wußte sie noch nichts über ihn. Sie wußte ein bißchen, wie er aussah. Klein und scharfe Falten, nicht ein schöner Mann, sie wußte nichts von ihm, außer, daß sie ihn wollte. Halten, wärmen, wollte. Am vierten Tag kam sie zu ihm. Er packte große Taschen. Ganz endgültig packte er sie. Er fuhr weg. Und sie saß vor ihm und wußte zum erstenmal, was Demütigung war. Es war einem Menschen alles schenken zu wollen, was man hatte, was man war. Und zu sehen, wie der Mensch sich abwendet. Die Geschenke nicht will. Die Hände nicht aus den Taschen nehmend. Er fuhr dann weg, und Bettina konnte ihn nicht vergessen. So sehr sie sich auch sagte, daß es ein Erlebnis war, das ihr doch zeigte, was möglich ist, wollte sie wie alle Menschen mehr. Wollte Unendlichkeit. Wollte nicht begreifen, daß nichts Unendliches da ist. Nirgendwo. Sie aß nicht mehr, arbeitete nicht mehr, lebte nicht mehr, von dem Tag, als er wegfuhr. Nach drei Wochen, als es ihr noch immer nicht gelungen war, sein Bild abzutreiben, dachte sie an Murti. War zu ihm gegangen. Bettina glaubte nicht an Zaubereien. Nicht an Wiedergeburt und Uterusatmung. Aber sie war im Wahn. Murti hatte sie gewarnt. Das Universum kannst du auf Dauer nicht betrügen, hatte er gesagt, es holt sich alles zurück. Ich kann machen, daß er wieder kommt, ich kann machen, daß er bei dir ist, aber

ich kann dir nicht das Versprechen geben, daß er dich lie-
ben wird. Hatte er gesagt. Und es war Bettina alles egal.
Sie wollte ihn nur wiederhaben. Ihn anfassen, ihn ansehen.
Murti sprang noch ein bißchen herum und sang Lieder.
Dann gab er Bettina ein Pulver, das sie sich in die Hand
geben sollte, bevor sie ihm die reichte, und das Amulett,
das ihn an sie binden würde. Und dann ging Bettina nach
Hause, um auf ihn zu warten.

NORA fährt Auto

Normalerweise ist es total lässig, neben wem im Auto zu sitzen und so. Ich gucke dann raus und kann denken. Ich meine, denken ist vielleicht was anderes. Ich erinnere mich dann immer an vergangene Sachen. Oder träume, was noch kommt. Ich glaube, das ist nicht denken. Also, ich wollte sagen, daß ich eigentlich sehr gerne im Auto mitfahre. Bei Tom liegt die Sache ein bißchen anders. Ich kann jetzt gar nicht genau sagen, was das ist, aber ich finde es sehr schwierig, normale Sachen mit jemandem zu machen, in den man verliebt ist. Einkaufen gehen, essen, aufs Klo oder so Sachen. Die gehören nicht in eine Verliebtheit. Das ist zu sehr Mensch, und Verlieben ist nichts Menschliches. Verlieben ist was ohne Körper, ohne Geruch, ohne Schwitzen. Ich sitze also neben Tom wie, als wenn wir ein altes Ehepaar wären. Einfach zwei Leute, die so nebeneinander in 'nem Auto sitzen. Manchmal weiß ich nicht, was ich mit Tom reden soll. Ich würde am liebsten nicht reden, aber wenn es dann so still ist, denke ich, daß er sich bestimmt langweilt mit mir und sich dann irgendwann von mir trennt und sich eine Frau sucht, die eben ganz unterhaltsam ist. Ich weiß, wie so Frauen sind, die Männern gefallen. Das sieht man ja immer in Filmen. Natürlich bin ich nicht so blöd, Filme ernst zu nehmen. Aber schließlich sind die meisten Filme von Männern gemacht. Und das sind dann also schon deren Phantasien. Also so eine Frau, wie ich sie da vor mir sehe, ist total kapriziös. Sie hat immer hohe Schuhe an, in denen sie völlig gut laufen kann, und enge Kleider. Sie hat die Haare hochgetürmt und sieht total verführerisch aus. Sie redet viel, ungemein lustige Dinge, und lacht oft. Und sie macht ganz entzückend verrücktes Zeug, wie zum Beispiel dem Mann öfter mal ein volles Glas über den Kopf schütten. Ich guck mich an. Ich habe flache Schuhe und Jeans an. Weil das bequemer ist. Ich bin stumm. Und wenn ich mir manchmal so überlege, ob ich Tom ein volles Glas über dem Kopf leeren soll, dann fällt mir da irgendwie kein Grund dafür ein, warum ich das machen sollte.

Scheiße, bestimmt macht Tom mit mir Schluß. Er sieht toll aus. Die langen Haare und das Hemd ist offen, und auf der Brust hat er auch Haare. Ich frag mich, was der überhaupt an mir findet. Die tollen Frauen essen auch oft Spaghettis. Voll sinnlich, ziehen sie diese weißen Würmer in den Mund, und die prallen Backen stehen in einem guten Verhältnis zu ihrem prallen Dekolleté. Ich esse immer noch ein bißchen vorsichtig. Tom hat gesagt, ich hätte Magersucht, und hat mir viel darüber erzählt und auch, wie ekelig er das findet. Und ich will nicht ekelig sein und krank auch nicht. Ich eß jetzt fast normal. Aber Spaghettis eben nicht, weil ich weiß, daß die sehr dick machen. Und ich sitz also im Auto. Italien ist schön, aber ich überleg mir, was ich Tom fragen oder was ich ihm Spannendes von mir erzählen könnte. »Tom.« Hm. »Tom, soll ich dir mal was ganz Verdorbenes erzählen?« Hm. Ich erzähl ihm von der Sache in Barcelona, mit diesem Typen, aber wie ich das schon erzähle, hör ich, daß das ziemlich langweilig klingt. Und Tom sagt da auch nicht viel zu. Ich denk mir, warum das so schwer ist zu reden. Und ich wünsche mir, daß man mit wem, den man liebt, so reden können sollte wie mit sich selbst. Am Abend haben wir keine Lust mehr zu fahren. Wir sitzen in einem Ort draußen und essen was. Später liegen wir in einem engen Bett mit einer Kuhle in der Mitte. Und da ist es total gut. Wir fassen uns an und so, und vielleicht ist Liebe ja auch eher Sich-Anfassen als nun andauernd zu reden oder Auto zu fahren.

TOM schreit

Tom steht an so einem Meer und denkt, das wird immer gleich alles so kompliziert, wenn man denkt. Niemand sollte über seine Zukunft nachdenken. Es ist vermessen zu glauben, man könnte die beeinflussen und planen. Durch nichts kann man das und durch Denken mal gleich am allerwenigsten. Tom denkt an Nora. Die liegt in einer Pension, und er hat keine Ahnung, was in ihr vorgeht. Sie ist ein fremder Mensch für ihn, und er weiß noch nicht mal genau, ob er Nora liebt. Oder nur das Gefühl, das sie ihm gibt. Tom fragt sich weiter, was eigentlich Liebe ist. Das Wort ist so abgestoßen, so gequält, weil jeder es benutzt, wenn er sich entschuldigen will, nicht mehr weiterweiß, sich verstecken will, abkürzen will, nicht ehrlich sein. Und Tom sieht auf das Meer. Liegt da so rum, und er hat keine Ahnung. Das Meer sagt nichts, und Tom denkt an Nora. Nora, da ist sich Tom sicher, versteht Spielzeugeisenbahnen. Aber will er, daß sie die versteht. Will er, daß sie ihn versteht. Auf einmal hat Tom Lust zu schreien. Er hat mal von Urschreitherapien gelesen, und das fand er komisch, lauter Leute mit so häßlich gebatikten Hosen und Gesundheitsschuhen, die da so rumstehen und schreien und sich einreden, sie kämen grad auf die Welt. Na und wie auch immer, auf jeden Fall stellt Tom sich gerade hin und schreit das Meer an. Dem Meer ist das egal.

Tom schreit und schreit und seine Stimme wird immer fester, mit jedem Schrei. Und dann ist er fertig und dreht sich um. Seine Augen treffen auf ein anderes Augenpaar. Das gehört einem alten Mann. Ein Fischer oder so was, der Tom ziemlich entsetzt anstarrt. Der alte Mann schüttelt den Kopf und geht schnell weg. Er hat Angst vor dem verrückten Touristen. Und Tom muß lachen, und das Denken geht echt leichter nach dem Schreien und Lachen auch, denn Tom denkt sich, daß sich schon alles finden wird und das Leben doch im Moment zu schön ist, um zu denken, wie es morgen sein könnte. Und auf dem Weg zu der Pension, in der Nora liegt, ist es Tom ganz leicht, und er nimmt sich vor, mit Nora von jetzt an immer zu reden. Über alles. Und keine Angst zu haben, vor Mißverstehen. Tom denkt sich, ich will mit ihr alles teilen, sie soll alles wissen von mir. Ich will keine andere Frau, denn eine andere Frau, das ist nur ein anderes Problem. In der Pension liegt Nora im Bett, und als Tom reinkommt, merkt er, daß über alles reden gar nicht so einfach ist. Tom fragt Nora: Du, was stellst du dir eigentlich so vor, für deine Zukunft. Ich meine, was willst du denn mal machen und so?

Und Nora hört aus dieser Frage, ich will dich los sein. Und alles in ihr verkrampft sich. Und dann kommt da so ein Trotz, und sie sagt: Weiß nicht, irgendwas Freies. Vielleicht werde ich Schauspieler oder Maler. Und dann fragt Tom: Hast du denn Talent? Und das klingt für Nora wie: Trau ich dir nicht zu, du Flasche. Und Nora wird noch trotziger und sagt: Na klar habe ich Talent. Und Tom wundert sich, daß Nora so komisch ist, und hat aber keine Ahnung warum, und auch keine Ahnung, daß das ganze Gespräch in eine falsche Richtung läuft, wo er doch nur einfach mit Nora reden möchte und darauf hofft, daß sie ihn auch etwas fragt und er vielleicht mit ihr darüber reden könnte, daß er sich Sorgen macht, wie alles weitergehen soll. Und er fragt weiter, in der Hoffnung, daß jetzt ein Gespräch folgt: Und wie stellst du dir das so vor? Willst du in Deutschland an eine Schule oder wie?

Nora hört: Deutschland. Hau ab und mach, was du willst. Und da springt Nora auf, und die ganze Angst, die ganze Zeit, daß Tom sie verläßt und daß sie wieder allein ist, die wird auf einmal ein großer Haß. Nora stopft ihre Sachen in eine Tasche, und Tom versteht so lange nicht, was sie da tut, bis sie in der Tür steht und ihn anschreit: Ich brauche dich nicht. Dich nicht. Niemanden. Und die Tür zuschlägt. Tom springt auf und läuft ihr hinterher. Aber es ist, als hätte sich Nora aufgelöst, in Haß und Trotz. Tom steht in diesem Hotelzimmer und versteht nichts. Er wollte doch nur reden, und die ist doch krank, murmelt Tom vor sich hin. Echt krank.

NORA läuft so rum

Sie weiß nur, daß sie sich bewegen muß, sonst passiert Mist. Jetzt bin ich also wieder allein, denkt sie, und kann sich nicht vorstellen, wie sie jetzt weiterleben soll, so allein. Nachdem jetzt ein paar Wochen ein Mensch da war. Einer zum Anfassen. Nora ist beschissen jung und hat noch nicht viel Übung darin, sich nach Schmerz zu schütteln und weiterzuleben. Und jeden Tag abzustreichen und zu wissen, daß der Schmerz immer ein bißchen weniger wird. Warten auf den Frieden und wissen, daß sich alles wiederholt. Immer dasselbe, aber das weiß Nora noch nicht. Sie denkt eben noch, daß ihr Leben jetzt den Sinn verloren hat, weiß noch nicht, daß es den nie hatte und sie jetzt nur deutlicher merkt, daß es keinen hat. Nora läuft so rum und weiß gar nicht, wer das ist, der sie bewegt. Nora überlegt, wie sie sich umbringen soll, und es fällt ihr nix Gescheites ein. Sie denkt an Hochhäuser, von denen sie runterspringen könnte, an Adern, die sie aufschneiden könnte, und an Eisenbahngleise, aber von all dem ist nichts in der Nähe außer den Adern. Aber wie bekommt man die wohl geöffnet? Nora guckt ihre Handgelenke an, aber Adern sieht sie da nicht. Und wie soll sie etwas aufmachen, was sie noch nicht mal sieht. Auf einmal wird Nora so müde, daß sie keinen Schritt weiterlaufen kann. Sich überhaupt nicht mehr bewegen kann. Sie läßt sich auf den Platz fallen, auf dem sie steht. Und das ist ein Stück staubigen Rasens an einer Fernverkehrsstraße. Nora ist schon ein gu-

tes Stück aus der kleinen Stadt ohne Namen rausgekom-
men. Jetzt sind da nur noch die Lichter zu sehen, weit weg.
Ein Graben, in dem Papierfetzen liegen, widert sich neben
der Straße her, und hinter dem Graben ist so ein rostiger
Drahtzaun. Und da sitzt Nora und will sich nicht mehr bewegen. Vielleicht, denkt sie, vielleicht hört das Leben einfach auf, wenn ich mich nicht mehr bewege. Vielleicht
kann ich hier einfach stillhalten, und in geraumer Zeit
habe ich mich dann aufgelöst. Nora versucht ganz still zu
sitzen, und sie atmet ganz vorsichtig und flach. Nora sitzt
ganz starr da, und die Nacht kommt, aber das merkt Nora
nicht. Nora wartet, daß ein Wunder passiert. Einmal in ihrem Leben könnte doch mal ein Wunder passieren. Und als
das Wunder dann kommt, ist Nora schon so weit entfernt
von sich und der Welt, daß sie es gar nicht bemerkt. Tom
steht vor Nora, und er ist böse, sie zu sehen. Glücklich, sie
zu sehen. Und nimmt sie in die Arme, ganz kalt ist Nora.
Dann liegt sie mit Tom in diesem Straßengraben, irgendwo im Niemandsland, zwischen Scheiße und Papierfetzen,
und beide sind ein bißchen froh. Und traurig, weil Liebe
oder die Sache hinter dem blöden Wort so schwer ist.

VERA und BETTINA treffen sich

»Das ist eine schlimme Zeit«, sagt Bettina, »sie haben uns alle Probleme genommen, sie haben alle Sorgen genommen, bis nur noch wir übriggeblieben sind.« »Wer sind Sie«, fragt Vera. Doch auf das antwortet Bettina nicht. »Es müßte etwas geben. Irgendwas, das uns von uns ablenkt.« »Was«, fragt Vera, und wieder weiß Bettina nicht weiter. Sie sitzen im Café. Um sie, die jungen Menschen, sind so müde vom Sattsein, daß sie krank aussehen. Später in der Nacht kommt ein junger Redakteur zu ihnen. Der arme Mensch ist noch nicht 30 und trägt schon die ganze Bürde eines Greises. Wie alle hat er karierte Hosen, silberne Schuhe, ein zu enges T-Shirt mit einer zu engen Lederjakke darüber bemüht, um sich unauffällig einzugliedern. Der uninteressante Mensch redet nur in Muß-man- und Kann-man-nicht-Sätzen. Tarrantino muß man gesehen haben. Grass kann man nicht lesen. Zu Goa-Partys muß man gehen. Vera beneidet den uninteressanten Menschen, denn seine Welt hat keine Zwischentöne. Der uninteressante Mensch erzählt von seinem unwichtigen Beruf und geht, als seine Worte keine Bewunderung auslösen. »Wieso geht die Zeit schneller, wenn eines einmal 30 geworden ist«, fragt die eine Frau, und die andere sagt, »vielleicht weil uns dann klar wird, daß es keinen Probedurchlauf gibt.«

VERA macht alles anders

So, jetzt mach ich alles anders, sagt sich Vera. Sie sitzt in ihrer Wohnung und hat einen Zettel vor sich. Da will sie draufschreiben, was sie jetzt alles anders machen wird. Nora schreibt, daß es ihr gutgeht und sie noch ein bißchen in Italien bleiben will. Vera rechnet damit, daß Nora dann ausziehen will, weil sie ja auch bald 18 ist, und dann langt es auch, mit Kind sein. Helge, das spürt Vera, wird nicht mehr zurückkommen. Es ist ihr egal. Vera hat auf einmal keinen Job mehr und keine Familie, und eigentlich sind das gute Bedingungen, um alles anders zu machen. Vera schreibt die Möglichkeiten auf den Zettel.

Ich ziehe um.

Ich ziehe aufs Land.

Ich mache eine Weltreise.

Ich gehe nach Biafra Kinder füttern.

Ich studiere noch mal.

Ich suche mir per Annonce einen reichen Australier zum Heiraten und zieh da hin.

Ich mache eine Schönheitsoperation.

Ich fahre nach der Schönheitsoperation wohin und kleide mich neu ein.

Ich gehe wohin, wo ich der Liebe und dem Reichtum entsage und wo ich dann in einer Höhle lebe.

Vera liest sich all die Möglichkeiten durch. Sie fühlt sich in die Möglichkeiten, sieht sich in so einer blöden Höhle hokken, mit langen Fingernägeln. Sieht sich nach einer Operation wie Cher rumlaufen. Und dann trifft sie ihre Entscheidung. Sie räumt die Wohnung auf. Dazu benötigt sie einige Stunden. Sie entfernt die Dinge, die einmal Helge gehört haben, sie räumt die Dinge, die Nora gehören in eine Kammer. Sie geht ins Bad. Da steht eine Handwaschlotion. 400mal Händewaschen steht auf der Flasche. Vera schafft nur 345mal. Scheiß-Befehle denkt sie. Morgen wird sie sich einen neuen Job suchen. Und einfach dableiben. Was soll ich auch woanders, denkt sich Vera, woanders ist es nie besser, nur eben anders.

TOM sitzt auf der Piazza

Wenn so Leben ist, soll es nie aufhören. Die Sonne. Ein kleiner Hafen. Portofino. In dem Hotelzimmer liegt Nora. Es ist ganz früh. Wir haben die ganze Nacht nicht schlafen können. So aufgeregt waren wir. Wegen der Liebe. Es ist Liebe. Bei mir ist es viel klarer und stärker geworden, seit sie weggelaufen ist und ich sie wiederfand. Als ich so rumgefahren bin, um sie zu suchen, ist mir klargeworden, wie sehr ich sie liebe. Obwohl sie so jung ist und so schwierig. Ich weiß bis jetzt nicht, warum sie weggelaufen ist. Ist auch egal. Ich liebe Nora. Sie ist so jung und so sauber irgendwie. Nicht wie die Frauen, mit denen ich sonst zusammen war. Die mich immer haben ganz klein werden lassen. Ich liebe Nora, weil sie so anders ist als diese Frauen, weil ich sie beschützen darf. Ich liebe, ich liebe. Ist das nicht schön, so was zu sagen. Ist es nicht das Allerschönste. Ist nicht alles andere Dreck dagegen?

Und jetzt sitze ich in der Sonne. Trinke Kaffee und sehe den Hafen an. Die Berge. Ein paar Boote liegen im Hafen. Und da oben liegt sie. Ich weiß nicht, was man macht, mit soviel Glück in sich. Es ist auch so stark, weil ich jetzt alleine bin. Und eben doch nicht. Wäre Nora jetzt hier, müßte ich sie anfassen. Unentwegt. Um zu spüren, daß sie wirklich ist. Das wär toll. Aber dann wäre ich nicht so bei mir. Ich trinke den Kaffee. Die Sonne wird kräftiger, und die Gänsehaut auf meinen nackten Beinen geht weg. Die Haut wird ganz warm, und im Kopf bin ich ein wenig müde. Ich trinke Kaffee. Und könnte platzen, vor Glück. Zack-platz-Gedärme raus auf den Platz. Der ist mit Steinen ausgelegt, und da lägen die DÄRME dann rum. Da machen Läden auf, und Leute gehen einkaufen. Ich will hier nicht mehr weg. Nie nicht weg. Das soll jetzt so bleiben. Nora soll auch bleiben. Sie ist die Frau, mit der ich Weihnachten vor Schaufenster gehen kann. Um die Eisenbahn anzusehen. Sie wird mich festhalten und meine Tränen weglecken.

NORA im Hotel

Wieso bin ich ein anderer Mensch, wenn Tom in der Nähe ist. Sage Sachen, die nicht von mir kommen. Mache Dinge, die nicht von mir kommen? Scheiß-Hotelzimmer. Heiß. Unten ist Tom. Mit Kurt Cobain wäre alles leichter. Mit Kurt wäre ich wie ich. Mit Tom bin ich mir fremd. Vielleicht wäre alles leichter, wenn ich Model wäre. Dann bräuchte ich niemanden zum Lieben, weil das Leben spannend wäre. So habe ich Tom. Und alles ist nur anstrengend, wenn ich mit ihm zusammen bin. Aber allein sein kann ich auch nicht. Ich glaube mal, ich hasse mich. Und Tom wird mich auch hassen. Ich sage nichts Schlaues, ich bin nicht lustig. Ich bin nur durcheinander. Wäre ich Model, wär das egal. Ich müßte ja mit niemandem reden. Unten wartet Tom auf mich. Er wird mit mir reden wollen, und ich will ja auch, aber kaum sehe ich ihn an, bin ich ganz zu, ganz blöd. Und dann kommt so eine schlechte Stimmung. Ich weiß auch nicht, ob ich ihn liebe. Kurt habe ich geliebt. Ich hatte viele Bilder von ihm in meinem Zimmer, und es war, als würden wir zusammen leben. Mit ihm konnte ich reden. Wir konnten auch viel lachen, und der ist jetzt tot. Als Kurt sich umgebracht hat, wollte ich auch nicht mehr leben. Ich geh jetzt runter zu Tom. Ich weiß nicht, ob ich den liebe. Ich weiß überhaupt nicht, was los ist.

BETTINA bekommt Besuch

Drei Wochen nachdem Bettina bei Murti war, zu einer
Zeit, da sich ihr Liebeskummer schon fast aufgelöst hatte,
wenn Bettina ehrlich gewesen wäre, aber wer ist das schon,
hätte sie sagen müssen, der Liebeskummer war eigentlich
weg. Nur am Leben gehalten durch ihre hartnäckigen Gedanken, die sie immer wieder hervorkramte, weil es ja
auch ganz schön ist, so einen Liebeskummer zu haben,
denn es heißt doch fühlen und ist nicht langweilig. Drei
Wochen nachdem Bettina bei Murti war, abends, als Bettina schon im Bett lag und sich gerade darauf freute, vor
dem Einschlafen noch ein bißchen an den Mann zu denken
und zu leiden, klingelte es an der Tür. Bettina dachte, daß
es eigentlich nur Vera sein könnte um diese Zeit. Aber wir
alle ahnen, daß es natürlich nicht Vera war. Es war der
Mann. Stand vor Bettinas Tür mit vielen Taschen und einem verzweifelten Gesicht. Der Mann war zurück, und
Bettina dachte sich schnell, Gott sei Dank habe ich den
Schmerz schön am Leben gehalten, sonst stände da ja jetzt
einfach nur ein kleiner, nicht so schöner Mann vor der
Tür. So aber, weil der Schmerz ja noch am Leben war,
konnte sich Bettina sehr mitgenommen zeigen. Sie schloß
den Mann in die Arme und drückte sehr fest zu, gegen die
Fremdheit an. Der Mann verteilte seine Taschen in Bettinas Wohnung und ging dann sehr schnell in Bettinas Bett.
Sie sah dem Mann noch ein paar Stunden beim Schlafen
zu. Und als sie dann irgendwann damit aufhörte, waren

alle Gefühle für ihn wieder da. Bettina strich sich schnell noch Murtis Pulver für die Liebe in die Hand und schob die Hand an Körperstellen des Mannes. Danke, Murti, flüsterte Bettina, und dann schlief sie auch. Unruhig und leicht, und sie dachte immer wieder: Jetzt habe ich vielleicht auch einen eigenen Menschen.

TOM kommt gut drauf

Tom und Nora waren zusammen, aus all den Gründen, warum Paare eben zusammen sind. Vielleicht lassen sich die Gründe aber auch zu einem Grund zusammenfassen. Was das wohl für einer sein könnte, soll irgendwie wirklich jedem selbst einfallen. Tom und Nora waren kurz vor Venedig in so einem Dorf gelandet. Eigentlich wollten sie dort nur was essen. Gegenüber von dem Was-Essen hing an einem Haus ein Schild, wo draufstand, daß da eine Wohnung frei wäre. Tom und Nora mieteten diese Wohnung. Sie hatten gerade keine Lust mehr weiterzuziehen, vielleicht hatten sie auf die ganze Reise keine Lust mehr, aber wer sollte das zuerst aussprechen. Und müßte der, der es ausspräche, nicht auch einen Vorschlag machen? Sie zogen also in diese Wohnung. Die war möbliert, und als sie auf den Möbeln saßen, wußten sie nicht so richtig, was sie mit sich anfangen sollten. Auf einmal waren die Themen von Leuten, die unterwegs sind, weg. Und neue nicht da. Nora machte in den nächsten Tagen die Wohnung sauber, und Tom überlegte sich, wie er Geld verdienen könne, und jeder dachte sich, das ist wie erwachsen spielen. Oder noch schlimmer: Vielleicht ist das, was wir hier machen, erwachsen.

Als Tom eines Nachmittags so im Ort rumlief, um sich was wegen des Geldes zu überlegen, aber in Wirklichkeit eher, um seine schönen langen Haare und das alles von den jungen Mädchen bestaunen zu lassen, traf er Paul.

Und wer Paul kennt, weiß, daß das so was ist, wie einer Erscheinung zu begegnen. Paul hatte auch lange Haare, aber während Tom immer aussah wie so ein Fotomodell aus den 80ern mit seinen Haaren, sahen Pauls Haare nach ehrlicher Rebellion aus. Nach Kriegsdienst verweigern, nach RAF und Indien, so sahen die Haare aus, die hingen um ein Gesicht, das verwittert war, nicht verlebt, nur so ein bißchen verwittert. Pauls Sachen waren so Dinge aus Leder und Fransen. Viel nackte Haut. Paul saß auf dem Platz des Ortes und spielte Gitarre. Tom konnte da natürlich nicht direkt hingehen, das hätte blöd ausgesehen. Lässig umkreiste er also wie ein Hai den Fremden und zog immer engere Kreise. Schließlich blieb er an einem Baum lehnen und sah in die Weite. Paul war es, der Tom dann ansprach. Er lud ihn zu einem Joint ein. Nach dem fünften Joint, die Nacht war am Arbeiten, nach einigen gemeinsamen Liedern und nach Pauls Lebensgeschichte, waren die beiden schon gute Bekannte. Paul war Reisejournalist oder etwas in der Art. Er arbeitet so wenig wie möglich, und auf seinen Reisen interessierten ihn nicht so viele Sachen. Die interessantesten Sachen waren Frauen, die nächstinteressantesten Sachen waren Frauen und danach kamen Hasch, Alkohol und Kokain, was auch noch ziemlich interessante Sachen waren. Paul wußte eine spannende Geschichte zu erzählen. Geschichten von Leuten, die richtig lebten. Von Seeräubern, denen er begegnet war, von Opiumhöhlen, Waffenhändlern und vielen Krankheiten. Natürlich ging es bei all diesen Geschichten auch immer um Frauen. Die Paul immer liebten, wenn er sie nicht liebte, oder umgekehrt. Pauls Frauengeschichten waren unbedingt tragisch. Paul wußte Bescheid. Er wußte, was man mit seiner Zeit anfängt. Wußte, wie das Leben zu einem spannenden Abenteuerurlaub wurde. Ziemlich schnell bewunderte Tom

Paul. Er wünschte sich dessen Leben, dessen Freiheit, und in diesen wenigen Stunden mit Paul wurde sein ganzes bisheriges Leben zu einer verdammt kleinen, langweiligen Geschichte.

Als Tom in der Nacht nach Hause kam, war er bekifft, und er hatte überhaupt keine Lust auf Nora. Wie sie in ihrem Bett lag und schlief. Wie sie sich verkrampfte, wenn sie Sex hatten, wie sie ihn ansah aus ängstlichen Tieraugen. Und wie sie so furchtbar langweilig war, mit ihren 18 Jahren. Tom sehnte sich nach einem richtigen Männerleben nach diesem Abend. Und vielleicht würde Paul ihm ja zeigen, wie so ein Leben geht.

VERA raucht eine

Ich komme nach Hause. Mache die Tür zu meiner neuen
Wohnung auf. So fängt es ja meistens an. Daß man irgendwelche Türen aufmacht, mein ich. Ich also die Tür
aufgemacht und steh jedesmal wieder da und freue mich,
weil mich niemand erwartet. Es ist tatsächlich so was wie
meine erste eigene Wohnung. Sie ist klein und nicht so,
wie man sich jetzt eine Wohnung für jemanden in meinem
Alter vorstellen würde, aber es ist meine. Ich zieh mich direkt aus, weil, außer mir ist hier niemand, und ich habe
zwar gar nicht soviel Lust, immer nackig in dieser Wohnung rumzurennen, aber ich habe das Gefühl, das bin ich
mir schuldig. Genauso wie mit dem Rauchen. Ich habe damit angefangen. Und ich werde nicht eher aufhören, bis
die Wände von meiner Wohnung gelbgeraucht sind. Ich
sitz also nackig auf dem Bett in meiner Wohnung und rauche und werde mir wohl gleich was zu essen kommen lassen. Das werde ich im Bett aufessen und dabei Fernsehen
gucken. Es ist keiner da, der sagen könnte, Fernsehen
macht doof, ohne mir sagen zu können, was eigentlich
nicht doof macht. Oder was schlau macht. Macht das Lesen
von Büchern, die keiner versteht, schlau? Ich arbeite in einer Firma, die irgendwas macht, was definitiv egal ist. Es
geht um Im- und Export, ich weiß es auch nicht. Ich muß
irgendwelche Zettel ausfüllen, abheften, wegfaxen. Solche
Sachen. Abstrakte Sachen. Ich glaube, keiner in der Firma
weiß, um was es geht. Vielleicht existiert die Firma auch

gar nicht. Keine Ahnung. Ich finde, etwas zu tun, das so offensichtlich sinnlos ist, paßt genau zu dem Leben, das ich mir für mich vorstelle. Ich meine, es macht mich sehr zufrieden, heimzugehen und mir zu sagen, du hast heute nichts Sinnvolles getan. Du hast Zettel verschoben. Ich find das gut. In meiner Wohnung laufe ich, wie schon gesagt, nackt herum, rauche, esse, sehe Sachen im Fernsehen an. Ansonsten mache ich nichts. Ich schlafe viel. Besonders gut finde ich Wochenenden. Also, wer nicht arbeiten geht, hat gar keine Wochenenden. Und das ist traurig, weil Wochenenden so etwas ganz Spezielles sind. Sie fangen mit so einer gemütlichen Leere an. Ich kann machen, was ich will, und meistens will ich gar nichts. Besonders gut ist der Sonntag. Alle Läden sind zu, alle Menschen sind in ihren Wohnungen und machen, was sie wollen. Menschen, die nicht arbeiten, wissen nicht, was ihnen mit diesen wunderbaren, leeren Wochenenden entgeht. Wo ich so mit Erlaubnis, weil ich ja die ganze Woche Zettel kopiert habe, nichts machen muß. Ich muß mich noch nicht einmal für irgendwas interessieren. Kann man von einem arbeitenden Menschen wirklich nicht erwarten, daß er sich noch für was interessiert. Ich habe auf einmal nicht mehr das Gefühl, ich müßte mein Leben jetzt groß gestalten. Oder es wahnsinnig intensiv genießen, verrückte Sachen machen oder interessante Menschen treffen. Ich bin da ganz ehrlich. Ich lebe so ein bißchen wie ein Tier. Ich weiß nicht, ob das so verkehrt ist. Obwohl es auch unglückliche Tiere gibt, die zu Tierpsychologen gehen, denke ich mal, die meisten Tiere fragen sich nicht andauernd, was sie mit ihrem Leben anstellen sollen. Vielleicht sind sie glücklich. Ich würde sehr gerne mal mit einigen befreundeten Tieren über dieses Thema reden.

BETTINA kann nicht schlafen

Ich kann nicht schlafen. Ich schlaf kaum noch. Jede Nacht habe ich Probleme mit dem Schlafen. Fast jede Nacht verkehre ich mit dem Mann. Immer wieder will ich eigentlich keinen Sex, sondern etwas anderes. Jede Nacht haben wir Sex und nichts anderes. Danach schläft der Mann. Am Schlafen, am Einschlafen kann ich viel erkennen. Der Mann dreht mir entweder den Rücken zu, oder er rückt einfach nur ein bißchen weg. Er sagt dann: Du, so nah kann ich nicht einschlafen. Wäre der Mann verliebt, würde er mich lieben, wäre es ihm, so wie mir, egal, ob er schlafen kann oder nicht. Würde er so lieben wie ich, gäbe es nichts Schöneres, als nicht einzuschlafen. So schläft nur einer nicht, nämlich ich. Und er schläft und ist noch weiter weg als sonst. Er ist sehr weit weg, der Mann, den ich liebe. Der Mann meines Lebens liegt neben mir. Er liegt jetzt seit drei Wochen neben mir. Er sitzt neben mir. Er ißt neben mir. Er redet neben mir. Das hilft gar nichts. Ich weiß gar nicht zu sagen, was für ein kleiner Schritt es ist, jemanden zu mögen oder jemanden zu lieben. Ich weiß auch nicht, woran es liegt, wenn einer von beiden den anderen nicht lieben kann, sondern nur mögen mag. Der Mann mag mich. Er mag mich wie einen guten Freund. Nein, eigentlich weniger. An einem guten Freund wäre er mehr interessiert. Der Mann ist nicht an mir interessiert. Er fragt wenig und wenn, will er die Antworten nicht wissen. Er denkt nicht an mich, weiß nicht, was ich gerne habe. Ich weiß das alles. Ich kenne sein Leben, seine Angst, und ich weiß, welchen Käse er gerne hat. Den mit diesen großen Löchern, der eigentlich mit Käse nichts zu tun hat. Ein Ersatzkäse für Menschen, die ein Ersatzleben bevorzugen. Wahrscheinlich mag der Mann auch Lachsersatz, das ist ungefährlicher. Ich rede mir gerne ein, daß der Mann mich nicht liebt, weil er Angst davor hat. Weil er doch gerade erst eine Beziehung hatte und weil er mit sich selber zurechtkommen muß, wie er sagt. Aber ab und zu erkenne ich, daß ich mir da was vormache. Ich liebe den Mann. Der Mann liebt mich nicht. Ich glaube, diese Geschichte ist ganz schön alt. Da sind schon ganz andere dran gestorben. Wenn ich nah bei dem Mann stehe, muß ich ihn anfassen. Ich merke aber, daß der Mann nicht angefaßt werden will. Ich würde auch nicht angefaßt werden wollen von einem, den ich nicht liebe. Ich sehe ihn an. Er hat sehr viele Haare auf seinem Körper. Der Körper ist klein, und jede Gliedmaße sitzt. Er ist perfekt in seiner Kleinheit. Es muß schön sein, die Frau zu sein, die der Mann liebt. Er würde die Frau wärmen und sich an sie schmiegen wie ein großes Plüschtier. Wenn ich dran denke, daß der Mann sich irgendwann richtig verlieben wird, und ich stelle mir vor, wie er die Frau dann anfaßt mit seinen runden, warmen Händen, wie er sie zudeckt mit seinem pelzigen Körper, wie er sie küßt und wie sie seine Haare in den Mund nimmt, dann wird mir richtig schlecht. Der Mann liegt neben mir und schläft. Es ist merkwürdig, daß ich ganz sicher weiß, daß sich an unserer Situation nichts ändern wird. Liebe kommt nicht einfach so, irgendwann. Der Mann weiß, wie ich rede, wie ich denke, wie ich mich anfasse. Und wenn er mich deshalb nicht liebt, warum soll es später kommen? Ich seh das also und kriege es nicht hin, ihm zu sagen: Einen Freund behandelt man nicht so. Man schläft nicht mit einem Freund, wenn man weiß, man wird ihn nie lieben. Man quält keinen Freund, nur weil es angenehm ist, geliebt zu werden. Du bist kein Freund, sondern ein Arschloch. Das sage ich nicht. Ich hoffe auf etwas, von dem ich weiß, daß es nicht passieren wird. Ich habe keine Ahnung, wie das aufhören soll. Vielleicht wirklich erst, wenn er sich in eine andere verliebt. Oder wenn ich sterbe, weil ich übermüdet bin, zuwenig esse, zuviel leide. Jeden Tag habe ich das Gefühl, einen Tag meines Lebens zu verschenken. Aber wem eigentlich?

DER MANN ist nicht verliebt

Ich bin nicht verliebt in dich. Ich würde mich gerne verlieben, weil das ja auch ein schönes Gefühl ist, aber es geht nicht. Ich weiß, daß du darauf wartest. Ich kann dir jetzt schon sagen, es wird nicht passieren. Ich habe dir auch gesagt, daß ich nicht in dich verliebt bin. Du wolltest es nicht hören. Es ist also nicht mein Problem. Ich habe nie gelogen. Daß du das Hoffen nicht sein lassen kannst, dafür kann ich nichts. Ich habe mir da nichts vorzuwerfen. Als ich dich traf, konnte das keiner ahnen. Du warst die schönste Frau, die ich seit langem gesehen hatte. Vielleicht sind wir zu schnell ins Bett gegangen. Obwohl das wahrscheinlich Quatsch ist, den sich nur irgendwelche Zeitschriften ausdenken. Sie sollten nie am ersten Abend mit einem Mann schlafen, der sie länger interessiert und so. Die tun so, die Zeitschriften, als gäbe es einige sehr wenige Gesetze, und wenn eine Frau die einhält, kann sie einen Mann manipulieren wie nichts. Wie einen Hund.

Männer sind auch Menschen. Natürlich ist das Gefühl, daß ich dich so einfach haben kann, nicht so aufregend, als wenn du es mir schwermachen würdest. Aber ich sag mal, wenn ich verliebt bin, ist es irgendwie völlig egal, wann eine Frau mit mir ins Bett geht. Du machst es mir zu einfach. Ich kann mit dir anstellen, was ich will, dein Blick ist voll Liebe. Ich schenke dir nichts, weil ich keine Lust habe, Geld für dich auszugeben, wenn ich nicht verliebt bin, habe ich solche Anwandlungen von Geiz. Wenn ich verliebt bin, denke ich gar nicht an mich. Ich habe keine Lust, deine Kindheit zu erfahren. Ich komme, wenn es mir paßt. Ich sage immer: Vielleicht komme ich noch. Das legt mich nicht fest. Aber meistens komme ich, warum nicht? Es ist unangenehm, allein zu sein. Du bist eine schöne Frau, du kannst gut zuhören, meistens habe ich Spaß mit dir. Wenn du nicht leidest. Ich schlafe nicht gerne alleine. Ich denke nicht viel darüber nach, warum ich mich nicht in dich verlieben kann. Am Anfang dachte ich, es ginge. Als ich dich besser kennengelernt habe, merkte ich, es geht nicht. Vielleicht weil ich das Gefühl habe, daß du einen Mann nicht wirklich brauchst. Du hast eine Sehnsucht, aber eigentlich brauchst du keinen Mann. Du hast einen Job, um den dich jeder beneidet. Du bist klug, zu klug, du wohnst in einer Wohnung, die nicht gemütlich ist. Ich glaube, du möchtest nie mit einem Mann zusammenwohnen. Ich möchte auch mal ein Kind. Ich sehe dich nicht als Mutter. Ich glaube, du bist egoistisch. Ich weiß es doch auch nicht, warum ich mich nicht in dich verlieben kann. Ich habe keine Angst vor starken Frauen. Vor unabhängigen Frauen. Aber wenn eine wie du ist, dann heißt das, du kannst mich immer verlassen, weil du mich nicht brauchst. Ich habe schon einmal sehr gelitten, wegen so einer Frau. Ich glaube, Männer leiden da viel mehr. Weil auf einmal alles weg ist mit der Frau, was warm ist. Ich kann dich haben, aber ich will dich nicht. Im Moment schlafe ich noch gerne mit dir. Aber das wird weniger. Ich habe das Gefühl, als wäre es total anstrengend, dir gerecht zu werden. Dich zu halten, wenn ich das wollte. Also, ich will damit wirklich nicht sagen, daß du zu stark bist, da habe ich keine Angst. Aber eine Beziehung sollte doch nicht anstrengend sein. Du machst immer so ironische Bemerkungen. Ich weiß einfach, daß es mit dir anstrengend sein würde, würde ich mich in dich verlieben. Jetzt liegst du schon wieder wach und siehst mich an. Du wartest, daß ich dich anfasse. Ich tue, als ob ich schlafe. Fasse dich nicht an. Du wartest, daß die Liebe kommt. Ich kann dir eins sagen: Die wird nicht kommen.

VERA ist in Gefahr

Vera hätte nicht sagen können, warum sie mit diesem Mann mitgegangen war. Der Mann hatte ihr nicht speziell gefallen. Vielleicht hatte Vera nur einfach Appetit auf einen Menschen. Auf das Anfassen eines Menschen. Nie ist es so wie mit einem Menschen, wenn sich einer nur selber anfaßt. Schade eigentlich. Sie hatte diesen Mann, dessen Namen sie weder vor oder während oder nach dem Anfassen behalten konnte, im Café getroffen. Der Mann hatte sich zu ihr gesetzt. Er war sauber, aber blöd. Er sagte Sätze. Ein Satz war: Im Sommer gehen wir gerne baden. Am liebsten in öffentliche Gewässer. Der Mann redete immer von wir, wenn er sich meinte. Wer wir ist, war Vera unklar, aber der Mann war von angenehmem Äußeren. Gerade richtig zum Anfassen. Sie ging mit ihm nach Hause.

An seiner eingerichteten Wohnung erkannte Vera den Werber. Es hingen Penck-Bilder an der Wand, und Stühle standen da, auf denen keiner sitzen konnte. Nur das Schlafzimmer sah anders aus. Da stand ein rundes Bett mit einer Tierdecke, und hinter dem Bett war eine Wand mit Fototapete beklebt. Vera erschrak. Auf der Fototapete befand sich eine Bergsituation mit einigen Geißen. Aber es war zu spät zur Umkehr, denn Vera hatte sich ja vorgenommen, einen Menschen anzufassen. Der Mann entschuldigte sich und ging in ein Badezimmer. Vera zog ihre Sachen aus und legte sich auf das Bett. Auf dem Nachttisch lag eine Intellektuellenzeitschrift, und Vera begann darin zu lesen. Der Mann im Badezimmer gurgelte dazu.

Die Invasion der extraterristischen Killertapeten

las Vera. Und dann las sie weiter:

Fall 1, Fototapete Bahma, 1994

Der Frisör schließt seinen Laden auf.
Wie jeden Morgen. Pünktlich um acht. Schließt er diese Tür auf, und die Glocke oben kichert. Der Frisör ist stattlich geworden. Aus dem Bund dringt Fleisch gewordenes Versagen. Und ein Leben davor gab es nicht. Hab' nicht versagt. Sagt sich der Frisör oft. Habe mein eigenes Geschäft. Meine Kunden. Mein Auskommen. Das Leben ist nicht zum Glücklichsein da, sagt sich der Frisör und schließt die Tür auf. Sieht auf die Tapete. Ein Strand in einem Dritte-Welt-Land. Mit Palmen und so und einer Dritte-Welt-Frau. Das Meer ganz blau, tut sein Bestes. Und die Frau. Die hat irgendwelche Geschichten um die Hüften und sonst ist sie nackig. Der Frisör zwinkert der Frau zu, wie jeden Morgen, und macht sich einen Kaffee. Hält die Tasse in der einen Hand, schmeckt immer schlecht, und die andere Hand beginnt das Rasiermesser zu schleifen. Rasieren ist wirklich zu intim. Der Frisör mag nicht rasieren. Graue Stoppeln, die seine Hände verkleben. Horn. Die Hälse seiner alten Kunden. Sehen aus wie Haut unglücklichen Geflügels. Mag nicht so intim Menschen sehen. Sehen nie gut aus von nahem, die Menschen. Seit 25 Jahren. Hat er einen Kunden, mit einem großen Grießbeutel am Hinterkopf. Um den er immer herumschneiden muß. Der verfolgt ihn, der Grießbeutel. Hat er sogar schon davon geträumt. Wie der platzt und Tiere da rauskamen. Nacktmulle. Irgendwann, denkt der Frisör, irgendwann haue ich da

drauf, auf den Beutel, mit was Großem, daß eventuell gleich der ganze Kopf weggeht. Aus dem der Kunde immer Witze erzählt. Schlechte, über die der Frisör dann lachen muß. Weil das zum Job gehört. Seit 25 Jahren. Die Frau auf der Tapete zwinkert. Als der Frisör die Tapete ange- bracht hat, da war er ein Mann in den besten Jahren. Und hat gedacht. Irgendwann fahre ich einfach weg. Schließe den Laden nicht auf, morgens, sondern gehe zum Flugha- fen und fliege zu dem Strand. Da lebe ich dann in einer Hütte. Ich habe einen Sonnenhut auf und baue Dinge an. Ich fange Fische und so. Der Frisör hat dann aber geheira- tet, und zwei Kinder hat er gekriegt. Und mal ehrlich, mit einer Frau und zwei Kindern fährt keiner an einen Strand, um da in einer Hütte zu wohnen. Und Fische zu fangen, für vier Leute. Und nie wußte er, wie er denn diese blöden Fische fangen sollte. Vielleicht ist er deshalb auch noch hier. Wegen der verdammten Fische. Es ist neun Uhr. Am Morgen. Vielleicht gehe ich einfach weg, nachher. Nach- dem der Kunde da war, mit dem Grießbeutel. Ja, denkt sich der Frisör. Soll'n doch alle mal sehen, wie ich das so ein- fach mache. Weggehen. Vielleicht passiert heute was Gro- ßes, denkt er weiter. Dann nimmt er das nächste Messer. Um es besonders scharf zu machen. Und die Tapete schmunzelt.

Fall 2, Fototapete Tiere, 1996

Zwischen ihren Käfigen sitzt die Tierhändlerin. Ihre Beine sind wieder dick. Vom Stehen, wahrscheinlich. Seit zehn Minuten ist der Laden geschlossen, aber sie sitzt noch da, zwischen ihren Käfigen. Und schaut sich um. Vor der Wand mit der Tapete, ein Motiv mit einem deutschen Mischwald und äsendem Rotwild darauf, steht das Terrarium mit dem Kaiman. Die Vögelvolieren links hinten. An den anderen Wänden die Hamster, Meerschweine und die Tanzmäuse. Ein paar Schildkröten und ein Wurf junger Siamkatzen. Die Tiere sind sehr ruhig. Sie beobachten die Tierhändlerin. Die guckt ihre Beine an. Die Tierhändlerin ist 50, und vor drei Jahren ist ihr Mann gestorben. Sie persönlich konnte Tiere noch nie speziell leiden. Sie persönlich konnte auch den Laden nicht leiden, die Tapete nicht und ihren Mann, den konnte sie auch nicht leiden. Was glotzt ihr so, fährt die Tierhändlerin ein stumm äugendes Hamsterpärchen an. Die Tiere schweigen. Gleich werde ich nach Hause gehen, denkt die Tierhändlerin. Sie verzieht den Mund. Ihre Wohnung liegt über dem Laden, und irgendwie riecht es da. Es ist Sommer und heiß, und die Tierhändlerin hat dicke Beine, vom Stehen. Sie denkt, wie sie wieder nackt auf dem Bett liegen wird, heute nacht, die Geräusche der Tiere von unten wird sie hören, den Geruch der Tiere in der Nase haben. Ihr nackter Leib wird von Schweiß überzogen sein, und sie wird so eine Sehnsucht haben. Wird sich auf ihr Kopfkissen pressen und nicht schlafen können, weil da keiner ist für ihre Sehnsucht.

Die Tierhändlerin steht auf, und geht zu dem Kaiman. Sie überwindet sich und faßt in das Terrarium. Hebt das warme, trockne Tier heraus. Das Tier guckt sie so blöd an, wie das nur Kaimane bringen. Sie setzt den Kaiman auf den Fußboden. Geht weiter zu den Nagern. Öffnet ihre Käfige, stülpt Glasbehälter um, schiebt die Türen der Vogelbauer hoch. Die Tiere sind ruhig und verlassen mit einem gewissen Selbstverständnis ihre Gefängnisse. Die Tierhändlerin geht in die kleine Ladenküche. Auf dem gelben Waschbeckenrand liegt noch ein alter Rasierapparat ihres Mannes. Da macht sie die Klinge raus. Hält sie in der Hand und sieht sich an, in dem halbblinden Spiegel, der da hängt. Sieht da eine alte Frau. Die Tiere haßt und sich selbst, und die weiß, daß sie noch viele Jahre, viele Nächte allein, schwitzend in einer Wohnung auf einem Bett liegen wird, das sie auch haßt. Hebt die Rasierklinge zum Auge. Zum Blenden. Aber ein Schmerz am Fuß lenkt ihre Aufmerksamkeit. Ein kleiner Hamster hat sich in ihren Spann verbissen. Die Tierhändlerin steht da und guckt den Hamster an. Sie geht mit dem Hamster am Spann in den Verkaufsraum. Alle Tiere sitzen im Kreis zusammen und nikken. Sie lecken sich mit ihren Tierzungen über die kleinen Zähne und Schnäbel und nicken. Und sehen die Tierhändlerin an. Die schaut zur Wand. Es scheint ihr, als würden die blöden Hirsche auf der Fototapete ein bißchen grinsen.

Gespräch mit Dr. Waldner, Vorsitzender der Liga zur Bekämpfung extraterristischer Killertapeten.

Herr Doktor, wie viele Todesfälle gehen in den letzten Jahren auf den Einfluß von Fototapeten zurück?

Dr. Waldner: Wir gehen von ungefähr 1200 Todesfällen aus.

Wie arbeiten die Tapeten?

Dr. Waldner: Da können wir nur vermuten. Wir vermuten also die Absonderung eines schleichend wirkenden Nervengiftes.

Sind alle Besitzer von Fototapeten gefährdet?

Dr. Waldner: Ich fürchte, früher oder später kommt es in jedem Fall zum Exitus.

Weiß man mehr über die Herkunft, das genaue Ziel der Tapeten?

Dr. Waldner: Nein.

Kann man sich irgendwie schützen?

Dr. Waldner: Nur durch brutale Gewalt. Sobald eine Fototapete entdeckt wird, muß diese getötet werden.

Wie geht man da am besten vor?

Dr. Waldner: Das Beil ist sehr geeignet zur Exekution, Flammenwerfer, aber auch der gewöhnliche Preßlufthammer.

Herr Dr. Waldner, vielen Dank für das Gespräch und so.

Bitte.

Vera hatte zu Ende gelesen, und der Mann duschte. Vera schaute zu der Tapete im Zimmer des Mannes, und die Geißen schauten sie an. Aber es war zu spät. Der Mann kam und hatte ein weißes Handtuch um seine Hüften. Das Handtuch roch bis zu Vera hin nach Weichspüler, und die Hüften liefen über das Handtuch. Der Mann warf mit einer großen Bewegung das Handtuch weg, und Vera schaute einem kleinen, zerknitterten Penis ins Gesicht. Der Mann lächelte stolz, weil er als einziger Mann auf der Welt einen Penis besaß. Er kniete sich schweigend zu Veras Füßen und begann unvermittelt Veras Geschlechtsteile abzulecken. Vera las weiter in der Zeitschrift, die neben ihr lag, aber es war schwierig umzublättern, weil das vielleicht Geräusche gemacht hätte, die lauter waren als das Schmatzen des Mannes. Vera stöhnte laut und blätterte währenddessen um. Sie las eine Geschichte über Rinderwahnsinn. Und fragte sich, ob der vom Geschlechtsteillecken übertragbar wäre. Der Mann fragte: Was möchtest du gerne. Vera sagte: Weiterlesen. Die beiden trennten sich kurze Zeit darauf.

BETTINA hat die Idee

Ich weiß jetzt, was ich mache. Ich fahre mit dem Mann
weg. Ich fahre mit dem Mann nach Marrakesch. Ein Bekannter von mir, weiß den Namen nicht mehr, hat mir
mal erzählt, daß es da die besten Zauberer gibt, glaube an
Zauberer. Es hat ja schon einmal funktioniert. Er ist gekommen. Murti hatte ja gesagt, daß er mich liebt, der
Mann, das könnte er nicht versprechen. Der Mann ist gekommen. Lieben tut er mich nicht. Vielleicht liebt er mich,
wenn ich mit ihm nach Marrakesch fahre. Könnte ja sein.
Vielleicht ist die Liebe die letzte Idee in diesem Jahrtausend. Das Letzte, was wir noch nicht hingekriegt haben.
Etwas zum dran glauben. Vielleicht bin ich deshalb so da-
hinter her. Wenn wir alle Pech haben, fängt ein neues
Jahrtausend an, und wir merken, daß auch diese Idee nicht
zum Dranglauben taugt. Weil sie Illusion ist, wie alles andere. Wie Revolution, Peace und so was. Vielleicht stehen
wir dann da und machen kollektiven Selbstmord, weil,
ohne an was zu glauben, lohnt das Leben nicht mehr. Vielleicht erlebt die Menschheit eine letzte, große Erleuchtung,
bei diesem Selbstmord. Der müßte überall auf der Welt
zur gleichen Zeit passieren. Also, unter Berücksichtigung
der Zeitzonen. Überall, auf der Erde in der gleichen Minu-
te. Vielleicht hören wir dann die Erde erleichtert auflachen,
beim Gehen.

HELGE geht was spazieren

Oh, Freitag. Mein Freitag. Murmelt Helge und schaut auf die schlafende Schwuchtel neben sich. Seit er die Liebe gefunden hat, mag er gar nicht mehr sterben. Nie hätte er gedacht, naja, all den Dreck halt, den Verliebte so denken. Mit dem sie sich zukleistern. Helge versteht gar nicht mehr, wie er jemals mit einer Frau hatte schlafen können. So fremd, diese Frauen. So unsicher, was man da anfassen soll. Das, was ein Mann anfassen mag, ist wenig, und es ist immer der falsche Ort für eine Frau. Die Gedanken an zu Hause, das, was einmal zu Hause war, hat Helge weggelegt. Noch nicht mal im Kopf, sondern an so einen Ort wie unten links im Körper, wo selten jemand hinkommt. Später geht Helge mit Freitag spazieren. Es ist schon dunkel, und machen wir uns mal nichts vor, verliebt und dunkel ist Venedig wirklich eine hübsche Stadt. Die beiden Männer trinken in einer Bar viel Wein und laufen dann weiter. Sie reden nicht. Seit sie sich kennen, haben sie eigentlich kaum was geredet. Wie konnte ich nur mal mit einer Frau zusammensein, denkt sich Helge. Die wollen dauernd reden. Dabei gibt es, wenn man ehrlich ist, nichts zu sagen. Für niemanden. Die Gassen werden immer dunkler, immer enger. Neben Helge liegt ein Kanal im Wasser. Freitag drängt sich dicht an Helge. Sehr dicht. So dicht, daß Helge in den Kanal fällt. Mit irgendwas auf dem Kopf, das ein Schlag gewesen sein könnte. Denkt er nichts mehr. Noch nicht einmal mehr, wieso er jemals mit einer Frau zusammen hatte sein können, weil Frauen ja doch immer denken wollen. Mit dem auf dem Kopf, was ein Schlag von Freitag gewesen sein konnte, geht Helge unter, im dreckigen Kanalwasser von Venedig. Und eigentlich hätte er froh sein können, denn sterben wollte er doch. Aber daß es so sein würde, hatte er sich gar nicht recht vorstellen können. Daß die Benommenheit weicht, vielleicht nur für Sekundenteile, weil der Schmerz sie beiseite nimmt. Die Lungen sich mit Wasser füllen. Mit verfaultem, stinkendem Wasser. Was die Lungen platzen läßt, den Körper zerreißt, der Schmerz. Und gar nicht mehr denken. Nur den Schmerz los sein wollen und Luft haben. Bitte Luft, sagt der Körper. Und bettelt. Luft gibt's nicht. Gestorben wird. Will nicht sterben, schreit irgend etwas, alles schreit. Will nicht sterben. Muß gestorben sein. Dreckiges Kanalwasser. Füllt den Körper aus. Das Hirn, das Herz, schwimmen in Fäulnis. Will nicht sterben. Japst der Mund, bekommt nur noch mehr Wasser. Und so kann Helge einfach nicht froh sein, als er nun doch endlich stirbt, weil das war es doch, was er wollte, kann er sich nicht recht dran erfreuen. Aber vielleicht kann das niemand beim Ersaufen.

BETTINA und ihr Bekannter sind nach
Marrakesch gefahren

Platz der Geköpften. Fackeln und Feuer in der Nacht. Köpfen sollte man sie alle. Ihre zahnlosen Araberschädel auf Lanzen spießen. Die raushängenden Zungen mit Dartpfeilen löchern. Die Ohren auf einen Haufen. Es stinkt. Nach gebratenem, halbgarem Fleisch, nach Pisse, nach ungewaschenem Mensch. Bettina ist eindeutig nicht gut drauf. Schaut in den Nachthimmel, der rot ist von den Feuern auf dem Platz. Stellt sich die Stadt brennend vor, die Menschen einander in Panik tottrampelnd. Schaut zu dem Mann rüber, der neben ihr sitzt, im Café Glacier. Zufrieden seinen Minztee trinkt. Den Platz anschaut und nicht sie. Sie nicht wahrnimmt. Trotz der alten Hexe. Nichts geändert. Nichts anders geworden. Scheiß-Marrakesch, Scheiß Liebe. Ein schlechter Ausflug. Überall diese Katzen. Ein paar in den engen Gassen steckengeblieben, skelettiert, ein blödes Grinsen im Katzengesicht, dem toten. Alle debil hier, alle ungewaschen. Bettina ist wirklich nicht gut drauf. Sitzt versteinert neben dem Mann im Café Glacier am Platz. Ist ihr klar, daß es nicht weitergehen wird mit dem Mann? Sich ihre Bilder nicht erfüllen werden? Der Mann schaut sie mal an, als sie nicht schaut und seufzt auf. Warum Frauen alles so kompliziert machen müssen. Dann fängt es an zu regnen. Der Platz unter Wasser, Bettina und der Mann unter Wasser, Tränen im Gesicht, Rotz aus der Nase. Und so endet der Ausflug nach Marrakesch so richtig beschissen.

BETTINA kriegt einen Auftrag

Gleich weiterfahren. Wegfahren. Weit weg. Sinnlose Berufe haben Vorteile. Weit-weg-Vorteile. Weg aus Marrakesch. Drei Wochen. Bezahlter Trennungsurlaub. Der Mann, den ich liebe, der Mann, der mich nicht liebt, steht hinter der Menschen-ohne-Ticket-Sperre am Flughafen und winkt, so wie der Lauf einer toten Spinne nachbebt, die Hand in der Luft. Die Augen schon weg. Der Mann, der vielleicht eine andere liebt oder nicht mal sich, und ich steh da, zerrissen durch diese blöde Sperre. Rausgerissen das Herz. Liegt auf dem Boden und leckt an den Füßen des Mannes herum. Der läßt dem Körper den Augen folgen. Weg und flucht, weil da was klemmt, was Schmieriges unter dem Schuh. Die roten Haare des Mannes bleiben noch in meinem Auge, wie wenn ich zu lange in die Sonne geschaut hätte, und mein leerer Körper macht sich auf eine weite Reise. Ist doch das einzige, was hilft gegen Nichtgeliebtsein, neben dem Tod. Gestorben bin ich schon zu oft. Das wird fad, und drum fahr ich weg aus der Stadt der Erniedrigung, weg aus dem Regen. Das Flugzeug fliegt nach Hongkong. Das glauben jedenfalls alle, die in dem Flugzeug sitzen. Ich weiß es besser. Weiß, daß Flugzeuge am Boden stehenbleiben und nach einigen Stunden ausgefeimter Wolkenprojektionen nur die Kulissen beim Aussteigen der Menschen geändert werden. Die Kulissen in Hongkong sind gut. Aus dem Regen schimmern Himmelsbegrenzungen, die Hochhäuser sein könnten, oder Wolken, Berge, vielleicht gar der Hades. Unten, zu den Füßen der Dinge, die nicht ganz klar sind, laufen Menschen. Sie steigen in U-Bahnen, die in Unterleibern von Kaufhäusern halten, um zu kaufen, sie laufen in Passagen, die die Stadt unterhöhlen und die keinen Ausgang haben, und kaufen. Das ist in der Hölle aufwachen. Kaufen ohne Sinn. Kaufen, bis alle dran sterben. An den Rändern der Straßen sitzen Frauen auf Plastikplanen und fotografieren sich, und was sie gekauft haben. Sie zeigen sich dann die Fotos, auf denen sie mit dem Gekauften drauf sind. Ich frage die Frauen, warum sie da sitzen, im Regen, auf Plastikplanen am Rande der Straßen. Sie sagen: Weil es sonst nicht viele Plätze gibt, wo man sitzen kann. Ich laufe durch Hongkong und sehe nichts von der Stadt. Über meinem Hirn ist eine große Kontaktlinse mit einem roten Haarfleck drauf. Ich in Hongkong, im Regen, schaue verschwommen auf Dinge, die Hochhäuser aus dem Mittelalter sind. Wie Bäuche, schon lange geöffnet, stehen sie da in unbeugsamer Häßlichkeit. Ich und die Häuser, und nachts um zwei wollen wir an Bord eines Frachtschiffes gehen. Ein Fotograf und ich. Wir sitzen im Regen im Frachthafen und warten auf das Schiff, das uns über den Pazifik bringt, nach Amerika. Und das mir helfen soll, in sechzehn Tagen ein Geschwür in Männerhöhe aus meiner Seele zu operieren. Im Frachthafen sind außer uns große Kräne, Laternen und sehr große Insekten, und wir können uns die ganzen Sachen sehr lange ansehen, denn unser Schiff legt erst um fünf an. Ein dickes Schiff, mit einigen Millionen Bruttoregistertonnen. Ein in Polen gebautes Schiff. Unsere Kabine ist eingerichtet wie eine Bahnhofsgaststätte in Warschau-Nord. Neonröhren und festgeschraubte Preßholzmöbel. Vor der Häßlichkeit gibt es kein Entkommen. Ist sie in dir, wird sie dich immer begleiten.

Das Schiff fährt los. Die Lichter der Stadt blinzeln müde. Der ist völlig egal, ob wir bleiben oder fahren, um im Meer unterzugehen, weil wieder einer eine Tür nicht zugemacht hat. Auf dem Schiff befinden sich außer uns viele Container, drei Rentner, zwanzig philippinische Matrosen, ein mürrischer deutscher Kapitän und ein deutscher Maschinist. Am ersten Tag laufen wir auf dem Schiff herum. Wir gucken die Container an, die Stahlplanken, die Rettungsboote und das Meer. Am zweiten Tag laufen wir auf dem Schiff rum, achten diesmal auf Nuancen. Sieh mal, wie unterschiedlich all diese Container beschriftet sind, schau mal, ein besonders hübsches Tau. Am dritten Tag laufen wir nicht mehr herum. Die Möglichkeiten, etwas Neues zu entdecken, sind dünn. Es ist überdies kalt geworden am dritten Tag. Da mag keines rausgehen in die Kälte, um sich Container anzusehen oder das graue Meer. Nach dem dritten Tag also gewinnen die Mahlzeiten eine wichtige Bedeutung, zerteilen die Monotonie in drei Gänge. Unterbrechen den inneren Monolog durch Überlegungen. Ob es Reis oder Kartoffeln geben mag, solche Überlegungen sind das. Die Sachen auf dem Teller verschwimmen am vierten Tag. Sehen aus wie das Meer nach vier Tagen. Das ist grau. Es regnet. Es ist kalt auf dem Meer und in der Kabine auch. Abends sitze ich auf dem Schiff, wo es nicht mehr höher geht, und gucke das Meer an. Ich höre irgendein Requiem, wo es ums Ende geht, schaue ins Graue und denke darüber nach, daß Liebe nur eine Illusion ist. Die uns am Leben halten soll. Und der wir hinterherlaufen und damit dem Tod weg. Es geht mir bedenklich. Ich gucke das Meer an. Eine Woche auf See hält kein Liebeskummer aus. Ich konzentriere mich, um den Schmerz nicht sterben zu lassen. Ist er doch wenigstens ein Gefühl. Sitze ich hier auf diesem fremden Schiff. Nicht gewollt von einem Mann, der mit seinem kleinen, warmen Körper eine andere zudecken wird, irgendwann mit seinen runden Händen streicheln wird. Alle, außer mir. Ich wanke zur Reling. Da, wo ich stehe, ist sie 30 Meter über dem Meer, das Meer fließt schnell weg. Wie schnell würde ein Mensch wegfließen, der da reinfiele? Würde alleine zurückbleiben in der Endlosigkeit. Fühlen, wie salziges Wasser in seine Lungen dringt. Sich anders besinnen. Leben wollen. Ist aber zu spät. Gestorben muß sein. Geht der Körper unter, füllt sich ganz aus, mit Wasser, mit Moder, mit Flüssigkeit, die das Blut verdrängt. Panik in den Augen, wenn die brechen. Ein letzter Blick auf ein kleines, weit entferntes Schiff, mit dem das Leben wegschwimmt.

Am nächsten Tag machen wir Experimente. Wir werfen einige Bücher der Bordbibliothek ins Wasser. Bücher, die es nicht besser verdient haben. In den Vorworten zu den Büchern schreiben Menschen, die wahrscheinlich Hausmeister der Buchverlage sind, Wörter wie: Bemerkenswert. Ungewöhnlich. Die Bücher treiben sehr schnell ab. Interessiert schaue ich das Meer an. Hat sie doch versteckte Qualitäten, die alte Plörre. Die Tage werden länger. Unsere Lebensgeschichten sind erzählt, keiner von uns beiden mag mehr über Liebeskummer oder Schiffskatastrophen reden. Noch neun Tage. Wir sind im Delirium. Ich habe an meinem Körper Haufen entdeckt, die eindeutig der zerfleischenden Tätigkeit des Beriberi-Wurms zuzuschreiben sind. Wir hören auf zu reden, der Fotograf und ich, am elften Tag. Weil wir nicht mehr reden wollen, singen wir. Lieder über den Beriberi-Wurm, über Ausscheidungen, über den Tod im Wasser. Ab und zu gehen wir zu den philippinischen Matrosen und singen mit denen. Die sind traurig, weil sie weit weg von ihrem Zuhause sind. Ich habe kein Zuhause. Das wäre, wo das Herz ist, und das

liegt zertreten an irgendeinem Flughafen. In der Speisehal-
le hängt eine Seekarte. Jeden Tag rückt ein kleines Fähnlein ein winziges Stück näher auf die amerikanische Küste
zu. Wir gucken das Fähnlein an, als ob es schneller rücken
würde dadurch. Das Fähnlein ist das Schiff und es ist rot,
rot, rot, und das Meer ist das Meer. Auf der Karte ist es
blau, aber Karten lügen. Noch fünf Tage auf dem Meer.
Unsere Ausflüge werden seltener. Noch vor ein paar Tagen
haben wir Dinge unternommen, wie zusammen Wäsche
gucken in der Waschmaschine oder in die Schiffssauna gehen. Wir haben eine Stunde in der ungeheizten Sauna gesessen und Lieder gesungen. Vor ein paar Tagen war noch
was los. Noch vier Tage. Wir liegen apathisch im Bett. Ich
habe keinen Liebeskummer mehr. Was ist Liebe, wenn es
ums Überleben geht? Unsere Haare sind fettig, dem Fotografen steht ein häßlicher Bart. Ich habe viele Pickel, von
der Kälte, vom Lichtmangel. Wir suchen in unserer Kabine
mit den Augen nach Insekten. Muß man auf Schiffsfahr-
ten nicht irgendwann immer Insekten essen? Wir wollen
nichts mehr, nicht mit den philippinischen Matrosen singen, nicht mehr atmen und keine Taue mehr anschauen.
Wir wollen noch nicht einmal mehr über Bord springen.
Als der letzte Tag anbricht, können wir uns nicht wirklich
freuen. Schwankend stehen wir auf der Brücke. Starren auf
das Meer. Und nach ein paar Stunden Starren kommen die
ersten Möwen. Heiser rufen wir ihnen Beschimpfungen
zu. Und dann taucht Land auf. Wir singen müde die amerikanische Nationalhymne. Als das Schiff anlegt, schwan-
ken wir das Treppchen zum Festland hinab. Traurig win-
ken die Matrosen. Sie müssen zurück in die Hölle, und wir
haben sechzehn Tage Isolationshaft überlebt. Ganz schnell
gehen wir von dem Schiff weg, als könnte uns jemand fangen und da wieder drauftun.

Als ich dann hundert Stunden später wieder in Hamburg bin, in meinem Bett liege, das immer noch schlingert, fühle ich so etwas wie leises Glück. Draußen steht der Mond. Ich bin zu Hause. Ich lebe und ich bin vom Liebeskummer geheilt. Gerade als ich das so denke, schiebt sich etwas über den Mond. Macht ihn unscharf. Läßt ihn verschwimmen, tunkt sein gelbes Licht in eine Suppe, in eine verdammt rote Suppe, die irgend jemand über diesen bescheuerten Mond geschüttet hat. Und ich denke, verfluchter Mist, ich muß schnell wieder wegfahren, denke ich.

PAUL (who's the fucking Paul?) fährt nach Marrakesch

Ich bin wieder nach Marrakesch gefahren. In Italien ist nichts los. Zu europäisch. Europa ist dem Tod geweiht, und europäische Frauen können nicht ficken. Zu sehr Kopf. Marrakesch ist da was anderes. Die Frauen, die du im Orient haben kannst, holst du dir in Diskos. Sie sind warm und rund. Allerdings ein bißchen wie eine Zeitung im Bett. Im Café Glacier treffe ich so einen Typen. Ein Deutscher. Ich rede mit dem. Es stellt sich heraus, daß er Bettina kennt, die ist gerade nach Hongkong abgereist. Die Welt ist klein. Der Typ ist genervt von Frauen. Versteh ich sehr gut. Eigentlich kann man nur mit Nutten richtigen Spaß haben. Da ist einfach alles klar. Mit einer normalen Frau schläfst du, und dann bekommst du die Rechnung. Dann geht es los mit den Gefühlen. Der Typ ist so genervt, daß ich ihm einfach was Gutes tun muß. Ich werde ihn erst mal mit in die Disko nehmen, zu richtigen Frauen, und morgen werde ich ihm die Wüste zeigen. Da vergißt du alles, in der Wüste. (Mit diesem Gedanken soll Paul, wie wir noch lesen werden, sehr recht behalten.)

TOM ist überrascht

Tom ist überrascht, als er auf einmal am Ende der Welt einer alten Liebe gegenübersteht. Bettina. Er erinnert sich, obwohl es Jahre zurückzuliegen scheint, an sie. An einen Morgen in der Stadt, als sie ihn weggeschickt hat. Als er weinte, ganz früh am Morgen. Er ist Bettina dankbar, denn sie war der Grund, der ihn dazu brachte, die Stadt zu verlassen und sein neues Leben anzufangen. Und nun steht dieser Grund vor ihm und hat mit der Bettina von damals gar nichts mehr zu tun. Die neue Bettina sieht unglücklich aus und schön, und nichts ist da mehr von der Frau aus der Stadt, die kurz davor war, verbittert zu werden. Tom hatte mit Nora einen Ausflug auf so eine Venedig-Insel gemacht. Irgendwas muß er ja machen, nachdem Paul weg ist. Und dann treffen sie doch tatsächlich Bettina auf dieser Insel. Die da irgendeine Geschichte für irgendeine blöde Zeitung macht. Er stellt die Frauen einander vor, und Bettina lädt sie ein in ihr Haus, das sie gemietet hat, für ihre blöde Geschichte. Da sitzen sie in dem Haus und essen Nudeln. Und Tom und Bettina reden so ein bißchen über das letzte Jahr. Nora redet nicht. Sie sitzt wie ein Kind, das sich bei Erwachsenen langweilt, daneben. Sagt nichts. Guckt nur. Und Tom redet also mit Bettina und sieht sie genau an. Den Busen, die runden Hüften, die langen Haare, die weißen Zähne, den festen Hintern. Sieht er sich ganz genau an.

NORA fühlt sich nicht so

Sie merkt, daß da was abgeht, was sie nicht beeinflussen kann. Es ist der Moment, auf den sie gewartet hat, seit damals, eigentlich schon fast von Anfang an. Seit sie gemerkt hat, daß sie sich in Tom verliebt hat. Von da an. Von da an passierte was, was sie gar nicht beeinflussen konnte. Alles wurde schwierig, und Nora merkte, wie schwierig sie war und kam da nicht raus. Immer sagte sie Sachen, die sie gar nicht sagen wollte. Immer war sie eigentlich jemand anderes. Sie wollte doch nur ganz lieb sein, und sie wollte doch nur, daß Tom sie liebhatte. Aber was dann rauskam, war zackig und schwierig, und Nora konnte nichts tun dagegen. Und je schwieriger sie wurde, um so weniger kam sie da raus. Da lief was ab. Nora hatte keine Ahnung, was, sie sah nur, daß ihr Tom jetzt ganz wegrutschte. Die ganze Zeit war er schon weggerutscht. Und jetzt eben ganz. Da war diese Frau, und sie war alles, was Nora nicht war, und Nora konnte es nicht stoppen. Wie blöd saß sie neben Tom und Bettina und konnte nichts tun. Und Nora steht auf und sagt, ich geh noch ein bißchen was raus. O. K., sagt Tom, und Nora denkt sich: Klar, ist euch ja nur recht. Und dann läuft sie raus. Und läuft ganz schnell gegen die Wut an in ihr und gegen die Hilflosigkeit. Ich muß was tun, denkt sie. Und dann rennt Nora ganz schnell und bleibt stehen, zerkratzt sich das Gesicht und beißt sich, bis Blut kommt, und dann weint sie und geht zurück zum Haus. Nora erzählt was von einem fremden Mann und denkt sich, siehst du Tom, das hast du davon. Hast du jetzt ein schlechtes Gewissen, denkt sie. Und Tom hat ein schlechtes Gewissen. Und Bettina fragt, was das denn für ein Mann war. Und dann fängt Nora an zu stottern, und sie merkt, daß Tom und Bettina ihr nicht glauben. Nora geht ins Bett. In der Küche hört sie Bettina lachen.

BETTINA hat eine Idee

Ich habe eine Idee, hatte Bettina am nächsten Morgen in
das ungemütliche Schweigen der Küche hineingesagt. Nora
stocherte in ihren Rühreiern herum, als wären das Innerei-
en. Also, sagte Bettina, wir mieten uns ein Auto und fahren dann zu den heißen Quellen. Und Tom sagte: Das ist
klasse, das machen wir. Und Bettina schwärmte von den
Quellen, und als Nora immer noch nichts sagte, wurde
Bettina sauer. Was hast du denn, würdest du vielleicht mal
mit uns reden, sagte sie, und Nora hörte das »mit uns«,
und schließlich sagte sie: Ich würde gerne hierbleiben, aber
ihr könnt ruhig fahren. Das ist jetzt der Test, dachte Nora.
Wenn er mit ihr fährt, ist alles klar. Bitte, bitte, laß ihn
nicht mit ihr fahren. Also gut, fahren wir halt alleine, sagte Tom, der jetzt wirklich sauer auf Nora war und sie noch
weniger verstand als sonst. Wollen wir wirklich, fragte
Bettina, und Nora hörte dieses Wir. Das klang, als hätte es
nie ein anderes Wir gegeben. Und Bettina sagte zu Nora,
ich weiß zwar nicht, wo das Problem ist, aber es ist auf jeden Fall deins. Und dann fuhren sie weg.

PAUL und der Mann fahren in die Wüste

Was tut ein Männerpaar in der Wüste. Nach zehn Stunden Fahrt in immer mehr Sand hinein. Nach zehn Stunden Fahrt von allen Menschen weg und weg von den Straßen dahin, wo weder einer lebt noch einer vorbeikommt, weil da eben niemand lebt und das Auto kaputt ist. Keiner der beiden kann das Auto reparieren, und natürlich haben sie weder Wasser noch Decken mit. Kalt wird es in der Wüste des Nachts, wenn da keiner lebt und alles zehn Stunden weit weg ist. Nichts können zwei Männer da machen als sich ein wenig Mut. Daß sie morgen loslaufen können, wenn es hell ist, durch die Hitze in der Wüste, den Sand und die Dornen. Um vielleicht anzukommen, wo einer lebt, bevor der Mensch stirbt, wenn er drei Tage kein Wasser bekommt.

Einige Wüstentiere hatten ein paar Tage später viel Spaß dabei, die beiden Männer verblöden zu sehen, beim Verdursten. Die aufgesprungenen Lippen, das von der Sonne aufgeweichte Hirn. Saßen die Tiere und beobachteten, wie Paul noch ein bißchen besser beieinander war, die Haut wie verbranntes Leder um den Körper klebte. Sich Paul auf den Mann warf, die Zähne in dessen Körper grub, das Blut zu trinken begann, das den Durst nur unwesentlich löschte. Wie der Mann zuckte, als das Blut aus ihm in Pauls Mund floß, immer bleicher wurde. Zu benommen, um den Tod recht zu würdigen. Und sich Paul den Mund wischte, noch von dem warmen Fleisch probierte, das aber zäh am Körper saß, und Sehnen knirschte mit den Zähnen. Aber auch starb. Einen Tag später. In der Mittagssonne. Ohne viel Aufhebens. Die Tiere warteten nicht, bis der letzte Atemzug getan war, legten bereits die ersten Fliegen ihre Brut in die aufgerissenen Augen. Nagte ein Tier an den gut erhaltenen Genitalien, hackten Vögel sich zielstrebig durch die lederne Haut. Gerne hätten wir gewußt, ob Paul diese Schmerzen spürte, ob er noch angewidert sein konnte, voll Ekel sein konnte. Ob er in diesem Moment zutiefst gedemütigt war. Leider werden wir darüber nicht mehr viel erfahren.

BETTINA fährt Auto

Tom neben mir im Auto. Ich wie ein Hund. Reflexe sind alles. Mann. Hübsch. Sonne scheint. Will ich haben. Sollte ich doch mal zu einem Therapeuten? Mir erklären lassen, daß es Glück nicht durch einen anderen Menschen gibt? Erklären lassen, was ich längst weiß? Alleine zu sein finde ich furchtbar. Niemanden zu haben, zum Drandenken. Tom ist grad da. Pech für ihn. Ich glaube, ich bin jetzt soweit. Ich könnte wirklich mit jemandem zusammenwohnen. Ich glaube nicht mehr an die große Liebe. Niemand sollte mehr daran glauben. Das sollte von Gesetz wegen verboten werden. Ich wäre froh, wenn ich jemanden hätte, der mit mir zusammenwohnt. Mit dem ich reden kann. Das ich nicht mehr alleine bin. Ich habe Angst, immer alleine zu bleiben. Was haben wir von unserem ganzen tollen Leben, von unseren spannenden Berufen, wenn wir uns mit niemandem darüber freuen können. Ich glaube, ich habe gar keine Ansprüche mehr an den Menschen, mit dem ich zusammenwohne. Er sollte nur mit mir reden, nett sein. Mit unseren Ansprüchen machen wir uns alles kaputt. Der Mensch, mit dem wir leben wollen, muß besser sein, als wir selbst jemals werden können. Er muß aussehen wie ein Mensch aus einer Werbung. Muß alle unsere Träume erfüllen. Ich meine, das ist doch Schwachsinn. Wir brauchen doch nur einen Menschen, damit wir nicht alleine sterben. Ich glaube, mit Tom könnte das gehen. Mit ihm könnte ich leben. Ich werde versuchen, ihm klarzumachen, daß es für uns gut wäre zusammenzuleben.

NORA ist allein

Sie sind weggefahren. Ich weiß, daß Tom bei ihr bleiben wird. Sie werden in einem verfluchten Haus zusammenleben. Vielleicht haben sie auch Kinder oder einen ähnlichen Dreck. Es ist schon Abend. Ich weiß nicht, wann sie zurückkommen. Es ist schon um 9. Er ist mit ihr gefahren und hat mich allein gelassen. Mein Herz ist ganz laut, in diesem Haus. Es ist das einzige, was sich in mir noch bewegt. Ich warte jetzt einfach, daß sie zurückkommen und mir sagen, was los ist. Aber vielleicht geht Tom ja gar nicht mit ihr. Vielleicht kommen sie zurück, und sie hat voll schlechte Laune, und Tom fragt mich, ob wir heiraten wollen. Und dann gehen wir weg, und ich lache. Und dann heiraten wir, in Venedig, und dann wird alles gut. Es wird später, aber ganz langsam. Und sie sind nicht da. Wahrscheinlich lieben sie sich gerade irgendwo, bei einer heißen Quelle oder so. Ich weiß, daß ich mit Tom nicht glücklich bin. Aber ohne ihn auch nicht, und ohne ihn bin ich dann unglücklich und alleine. Und das ist echt zuviel.

VERA guckt aus dem Fenster

Noch nie war ich in Venedig. Und jetzt bin ich da hinge-
fahren. Es macht Spaß, wohin zu fahren. Ich gehe in ein
teures Hotel und sitze am Fenster des teuren Hotelzim-
mers. Ich sehe mir Wasser an und die Sonne, und nicht,
daß ich das sagen könnte, wie Leben so geht. Aber ich denk
mal, es besteht aus solchen Momenten, an Fenstern teurer
Hotelzimmer, wo nichts anderes wichtig ist. Und es besteht aus den Zeiträumen zwischen solchen Momenten.
Daß die gut rumgehen. Mehr ist es wohl nicht. Ich träume
von nichts. Nicht von Liebe oder von Reichtum, Ruhm
oder Unsterblichkeit. Das sind Sachen, die egal sind. Wenn
ich sterbe, sind die egal. Da zählt nur, wie viele Momente
ich hatte wie diesen am Fenster. Der Kellner klopft und
bringt mir Tee und Kaviar. Das esse ich am Fenster. Unten
gucken ein paar Menschen hoch. Sie sehen eine halbnackte
Frau am Fenster sitzen und Kaviar löffeln. Ich glaube, sie
beneiden mich. Früher hätte ich so eine Frau auch beneidet. Dabei ist es ganz einfach. Vielleicht ist alles so einfach,
daß wir es uns nur schwermachen, weil wir uns überschät-
zen und denken, so einfach kann es doch wirklich nicht
sein.

TOM guckt auch aus dem Fenster

Es war auch schön, mal wieder mit jemandem zu reden, der mich von früher kennt. Da war ich irgendwie stolz und spürte noch mehr, wie ich einen Schritt weitergekommen war. Wir sind lange über heiße Straßen gefahren. Die Italiener fahren wie Arschlöcher. Arschlöcher mit schwerwiegenden Potenzproblemen. Die Quellen waren ein bißchen enttäuschend. Ich hatte mir die irgendwie romantisch vorgestellt. Und dann waren da ein Riesenparkplatz und zwei Imbißstände und dann auf so einer abgetrampelten Freifläche eben so eine Art Planschbecken. Nix so mit Felsen und einsamer Romantik. Aber ist egal. Es war ein schöner Tag. Es war auch mal gut, was ohne Nora zu machen. Das sollten wir vielleicht öfter. Mal eben getrennt was machen. Jetzt haben wir zwei Zimmer in einem kleinen Hotel. Das guckt auf Berge. Ich zieh mich aus und stehe am Fenster, um die Berge anzugucken, und ich denke, daß es gar nicht so schwer ist, zufrieden zu sein. Dazu langt es, Berge anzugucken nach einem heißen Tag auf verschissenen Autobahnen. Ich bin fast glücklich. Oder vielleicht bin ich glücklich und denke nur, so einfach kann das doch gar nicht sein. Also bloß wegen ein paar blöden Bergen, die ich geduscht und müde angucke. Und dann klopft es an der Tür. Ich mach die auf. Bettina schiebt sich in mein Zimmer und läßt ein Handtuch auf den Boden fallen. Das Handtuch, das vorher um sie drum war. Sie also nackt in meinem Zimmer, und ich bin echt verblüfft. Ich hatte keine

Ahnung, daß die Sache so steht. Sie kommt auf mich zu und drückt sich an mich, und ich sage: Nee du, hör mal, und dann macht sie so neckisch einen Finger auf meinen Mund, das hat sie wohl aus nem Film. Ich mag Bettina wirklich, viel mehr als früher, aber ich habe gar keine Lust, jetzt was mit ihr anzufangen und so. Also schieb ich sie ein bißchen weg und sag: Das möcht ich jetzt nicht. Wenn man Frauen so was sagt, dann bricht für die immer eine Welt ein. Eine Frau darf so was immer sagen. Frauen sind ja die potentiellen Opfer, und Opfer dürfen alles. Von einem Mann wird erwartet, daß wenn ein Opfer so einem potentiellen Täter schon mal ne Gunst erweist, daß der dann ganz dankbar ist. Alle wissen ja, daß Männer immer und mit jedem wollen und daß es nur eine Sache der Gunst ist, wenn eine Frau sich für das bereitstellt. Naja, vielleicht ist das jetzt nicht so ganz richtig, aber mir kommt es so vor, Bettina wirkt echt beleidigt. Ich versuche, was auch schon blöd ist, mich zu rechtfertigen. Hör mal, ich möchte nur nicht wegen Nora. Weißt du, und dann fang ich echt an zu stottern, so peinlich ist mir das alles auf einmal. Bettina, die nackt vor mir steht und so. Ich stotter also weiter. Ich liebe Nora, ja, ich weiß, sie ist schwierig, aber ich liebe sie, und ich will nicht, äh. Bettina hat verstanden. Wenigstens. Sie schnappt ihr Handtuch und geht. Sie knallt noch nicht mal meine Tür zu. Das find ich gut. Ich lege mich auf mein Bett und denke nach, ob das stimmt, was ich gesagt habe, und warum ich die Gelegenheit nicht genutzt habe. Bettina sieht ja auch ziemlich klasse aus. Naja, und dann denke ich, daß es wohl schon stimmt. Nora geht mir zwar manchmal ganz schön auf den Wecker, ich hab' da so eine Ahnung, was mit ihr los ist. Ich denke, das macht ihr alles angst. Daß ich jetzt da bin, und die Angst ist, daß ich wieder weggehe. Und sie ist schon ziemlich verkorkst, was das angeht. Ich weiß nicht, wie Magersüchtige so drauf sind, aber wohl doch ziemlich verkorkst. Aber irgendwie stört mich das nicht so, daß ich sie nicht mehr lieben würde. Und das ist auf einmal total schön, daß mir das so klar wird. Ich liebe sie. Vielleicht, weil ich noch nie für jemanden so verantwortlich war und noch nie bei jemandem so stark das Gefühl hatte, ich müßte ihn beschützen. Als Bettina später dann noch mal in mein Zimmer kommt, schlafe ich mit ihr. Aber das ist O. K., weil ich ja weiß, daß ich Nora irgendwie liebe und ihr treu bin. Und daß es mir gar nichts bedeutet, mit Bettina zu schlafen. Das ist nur so wie massiert werden.

NORA guckt auch noch einmal aus dem Fenster

Nora hatte also am Fenster gesessen, und die Zeit war ganz langsam vergangen. Als es 12 war, war ihr klar, daß die beiden nicht mehr kommen würden. Nora oder das Ding, das mal Nora gewesen war, zitterte. Ganz stark und wußte, es müsse irgend etwas machen, denn wenn es weiter einfach so dasitzen würde, würde das Zittern explodieren und sein Herz zerfetzen und den ganzen Körper sprengen. Und so lief das Ding durchs Haus. Alles ganz angespannt, jeden Muskel, um das Zittern zu kontrollieren, lief es durch das Haus, das Ding, das mal Nora gewesen war. Und es suchte ein Instrument, das schärfer war als der Schmerz unter dem Zittern. Das kann ja nicht gut ausgehen, wenn so ein Ding durch ein leeres Haus läuft und zittert. Und unschwer wird ja jeder erkannt haben, daß Nora ein bißchen überspannt ist, und das kann nur schiefgehen. Im Keller fand es etwas. Einen großer Kanister, schwer und voll mit Benzin. Und den schleppte es hoch in die Küche. Es machte den Deckel auf und fing an, das Benzin auf den Fußboden zu schütten. Ihr werdet schon sehen, dachte das Ding, ihr werdet nicht glücklich werden, das verspreche ich euch. Und ich werde mich totlachen. Irgendwo, werde ich sitzen und mich totlachen. Und es goß das ganze Benzin aus, bis nichts mehr war in dem Kanister, und dann setzte es sich auf den Boden und fühlte noch mal, ob da irgendeine Angst war in ihm, die vielleicht bereuen konnte, wenn es zu spät war. Aber da war keine Angst mehr, und darum nahm es die Streichholzschachtel in die Hand und machte die langsam auf. Das Benzin reagierte vorbildlich. Mit einem dumpfen, bösartigen Geräusch entflammte es. In wenigen Sekunden war der Raum voller Flammen. Nora würgte, der Sauerstoff wurde unbarmherzig aufgegessen, was in ihre Lunge drang war ein heißes Etwas, wie pures Feuer rann es die Luftröhre hinab. Aber Nora wurde nicht ohnmächtig. Leider nicht. Die Flammen erfaßten ihre Kleidung. Kunstfasern vermischten sich mit ihrer Haut. Die Haare waren in einem Augenblick vernichtet. Das Fleisch schien von Noras Körper zu tropfen. Jeder Tropfen herausgerissen unter gemeinem Schmerz. Sah Nora auf ihren Arm. Wie unter schwarzen Fleischresten ein Knochen zischend brannte. Wie Wunderkerzen kleine Funken setzten. Dann fraßen die Flammen glücklicherweise die Augen. Machten kleine Platzgeräusche. Dachte aber nicht mehr die Nora. Vor lauter Schmerz, schrie auch nicht. Waren keine Lippen mehr da zum Schreien. Hörte erst auf, der Schmerz, als die Bauchdecke weggefressen war und es an die Innereien ging. Mußte nicht mehr erleben, wie das Feuer Därme verkochte, die Nora.

BETTINA und TOM sehen einen Laster

Dann wachte Tom auf, und ihn störte erheblich, daß da soviel nackte Frau um ihn herum war. Und auf einmal kam eine Unruhe über ihn, und er weckte die nackige Frau. Hör mal, ich habe ein total komisches Gefühl, wie ist deine Nummer in dem Haus, ich muß mal Nora anrufen. Und Bettina, echt sauer, schmiß ihm die Nummer an den Kopf, und Tom wählte die, aber es ging natürlich keiner ran. Und weil er so nervös wurde, auf einmal, drängte er Bettina zum Zurückfahren. Bettina hatte da überhaupt keine Lust dazu, aber Tom sagte, wenn sie nicht mitkäme, würde er ein Taxi nehmen oder irgendwas. Er würde auf der Stelle fahren. Und dann gab Bettina nach, weil sie merkte, daß eh alles falsch gelaufen war. Und dann saßen sie im Auto, mitten in der Nacht, übermüdet und jeder in seinen Gedanken, und die waren nicht schön. Tom fuhr ganz schnell. Es war stockfinster, und Tom fuhr so schnell, daß Bettina ein bißchen Angst bekam. Endlich waren sie von dieser engen Serpentinenstraße weg auf der Autobahn. Tom fuhr noch schneller, aber die Autobahn war leer. Bettina dachte darüber nach, warum kein Mann sie wollte. Und ob sie vielleicht häßlich war. Und dann dachte sie wieder, daß es vielleicht besser wäre, nur noch Karriere zu machen. Tom fuhr schnell auf der leeren Autobahn. Ob er jetzt sein Glück gefunden hat, mit diesem kleinen, dünnen Mädchen, fragte sich Bettina. Und dann dachte sie sich, daß er eine Aufgabe gefunden hat, und das genügt ja irgendwie schon, um zufrieden zu sein. Tom hatte jemanden, der ihn braucht, und wer braucht mich, fragte sich Bettina, und ihr fiel da echt niemand ein. Und dann, irgendwann nach einer Stunde stummer Fahrt, ging es Bettina wieder besser. Sie dachte sich, daß es ihr gutgeht und daß ihr Leben bestimmt noch viele Sachen bringen würde. Und Bettina überlegte sich, daß sie vielleicht für länger in Italien bleiben wollte. Und sie malte sich aus, wie das wäre, in Italien zu bleiben. Das Meer anzugucken und war auf einmal ganz gespannt auf alles, was noch kommen würde in ihrem Leben. Und die unglücklichen Liebesabenteuer, dachte sie, die gehören wohl einfach zu meinem Leben dazu. Um zu spüren, wie schön es ist, wenn ich glücklich bin. Und dann lächelte Bettina und lebte auf einmal ziemlich gerne. Und Tom raste durch die Nacht. Er war aufgeregt und freute sich auf Nora. Er würde ihr alles sagen, daß er sie liebt und daß er sie nie aus seinem Leben gehen lassen wollte, und er dachte, daß er Lust hatte, sie zu heiraten. Dann würde er sich einen Job suchen, Italienisch lernen, und sie könnte auch was lernen, und sie wären zusammen, weil sie einfach zusammengehörten. Und dann bog er um so eine Kurve und sah einen riesigen Laster auf seiner Spur. Der fuhr langsam. Der fuhr gar nicht. Der lag da und brannte, als ob er noch nie etwas anderes gemacht hätte. Und das merkte Tom, aber er merkte es irgendwie echt zu spät. Toms Kopf wurde von den Feuerwehrleuten weitab der Straße gefunden. Sein Haar saß noch sehr gut, allein seine Augen wirkten unnatürlich aufgerissen. Wie Drähte hingen Sehnen und Adern am Halsende. Bettina wurde aus dem Wrack geschweißt. Eine Metallstange hatte sie von der Körpermitte nach oben hin aufgetrennt. Auf ihrem Schoß lagen einige Organe, noch gut mit dem Körper verbunden. Eine Metallstrebe steckte in ihrem Kopf. Glücklicherweise hatte sie das Gehirn nicht verletzt, so daß Bettina noch einige Stunden Zeit hatte, sich auf ihren Abschied vorzubereiten.

VERA trinkt Kaffee

Herzlichen Glückwunsch, sagt Vera. Denn Vera hat Geburtstag, und keiner da, um Vera zu gratulieren. Vera sitzt in einem Café. Neben ihr ist eine Brücke und ein Wasser und die ganzen Sachen, die in Venedig halt so rumstehen. Vera trinkt Milchkaffee, und die Sonne ist da. Sie guckt sich Touristen an und freut sich, kein Touristenpaar zu sein. Vera denkt an Helge, an Nora und an Bettina. Aber nur kurz. Dann trinkt Vera wieder Milchkaffee. Auf einem Boot fahren drei Särge vorbei. Vera trinkt ihren Kaffee, sieht von den Särgen weg, in die Sonne. Und denkt sich. Schön blöd, einfach so sterben. Worum es geht, ist doch einfach nur, etwas zu lieben. Und wenn es Milchkaffee und Zigaretten sind. Es ist egal, was einer liebt. Und einfach so zu sterben, ohne noch einen Milchkaffee getrunken zu haben, ist ganz schön blöd. Und dann biegt das Boot mit den Särgen um die Ecke, und Vera vergißt ihre Gedanken. Sie trinkt einfach ihren Kaffee und raucht.